La misma ciudad

Luisgé Martín

La misma ciudad

EDITORIAL ANAGRAMA
BARCELONA

Diseño de la colección: Julio Vivas y Estudio A
Ilustración: foto © Richard Drew / Ap Photos / Gtresonline

Primera edición: mayo 2013

La traducción del poema «La ciudad» de Constantin Cavafis es
de Ángel González

© Luisgé Martín, 2013

© EDITORIAL ANAGRAMA, S. A., 2013
Pedró de la Creu, 58
08034 Barcelona

ISBN: 978-84-339-9763-0
Depósito Legal: B. 7775-2013

Printed in Spain

Reinbook Imprès, sl, av. Barcelona, 260 - Polígon El Pla
08750 Molins de Rei

*Para Antonio Prol,
por el perdurable deber de la ternura*

Aquellos que cruzan el mar
cambian de cielo, pero no de alma.

HORACIO

Sin salir de la puerta
se conoce el mundo.
Sin mirar por la ventana
se ven los caminos del cielo.
Cuanto más lejos se va,
menos se aprende.

Tao Te Ching, 47

Casi todas las escuelas psicológicas, desde el psicoanálisis clásico hasta la psicoterapia Gestalt, prestan atención a ese estado de ánimo melancólico o desesperanzado que suele manifestarse hacia la mitad de la vida de las personas y que, en jerga poco científica, acostumbramos a llamar «crisis de los cuarenta». Aproximadamente a esa edad, a los cuarenta años, los seres humanos echan la vista atrás, recuerdan los sueños que tuvieron cuando eran jóvenes y hacen luego recuento de los logros obtenidos desde entonces y de las posibilidades que aún les quedan de alcanzar la vida prodigiosa que imaginaron. El resultado es siempre desolador. Quien había soñado con ser estrella de cine, por ejemplo, se encuentra a menudo representando bufonadas en fiestas infantiles o haciendo anuncios publicitarios, y si acaso por talento o por azar ha conseguido llegar a protagonizar películas

11

y se ha convertido en un ídolo de masas, como ambicionaba, descubre enseguida algún inconveniente o algún quebranto de la profesión –las servidumbres de la fama, la frivolidad de los ambientes artísticos, la envidia de otros actores– que ensombrecen el triunfo. Quien se había figurado que viviría amores apasionados y grandes emociones, conoce tarde o temprano la traición, el engaño, el aborrecimiento o, más comúnmente, el hastío. Y quien había creído, en fin, que tendría siempre el vigor y el entusiasmo juveniles, encuentra de repente la enfermedad o ve ante sí la muerte. La vida, en realidad, es un trance terrible, y a esa edad mediana y taciturna, a los cuarenta o cuarenta y cinco años, comprendemos con claridad que es también demasiado corta, como siempre habíamos oído decir a los padres o a las personas mayores, y que en consecuencia no deja tiempo a nadie para enmendar los errores cometidos o para emprender otros rumbos diferentes de los que en algún momento se eligieron.

A esa edad culminante y melindrosa acostumbramos a pensar que nos hemos equivocado en todos nuestros actos. Llegamos a creer que la desgana con que hacemos frente a nuestra profesión, el sosiego a veces negligente o tibio con que amamos a nuestra esposa o a nuestros hijos y la apatía que sentimos hacia casi todas las cosas que antes nos enardecían, son fruto de nuestros erro-res, y no la consecuencia irremediable de los años transcurridos. La vida de los demás, en cambio, nos parece cada vez más formidable. Miramos a nuestro alrededor y encontramos siempre personas que viven en casas como las que nosotros querríamos poseer si tuviéramos dinero para comprarlas, amigos que frecuentan los círculos sociales en los que desearíamos alternar, a compañeros de trabajo que siguen amando a sus esposas con el apasionamiento brioso que nosotros ya ni siquiera somos capaces de recordar, y vecinos de edificio que viajan cada trimestre a un lugar remoto y paradisiaco del planeta para conocer sus templos o sus playas. Si tienen una edad parecida a la nuestra, esos mismos individuos nos miran a su vez con una envidia parecida y creen que somos felices porque disponemos de tiempo para leer los libros que a ellos se les van amontonando en la biblioteca, porque desempeñamos un trabajo sosegado o porque las mujeres caen rendidas a nuestros pies sin demasiado esfuerzo. A veces, incluso, las causas de la envidia son idénticas: deseamos de la vida de alguien lo mismo que él desea de la nuestra. A los cuarenta años, en suma, la felicidad se convierte en un asunto que concierne solamente a los demás.

Brandon Moy, a quien conocí en un congreso de escritores que se celebró en Cuernavaca en marzo de 2008 y a quien traté luego con cierta intimidad cuando se mudó a vivir a Madrid en la primavera del año siguiente, había nacido en 1960 en Nueva York, en el barrio de Brooklyn, y desde muy joven había sido un hombre de éxito. Se graduó en la Universidad de Columbia con brillantez, comenzó enseguida a trabajar en un despacho de abogados de prestigio y se casó con una chica a la que amaba con locura. Antes de cumplir los treinta años, alquiló un apartamento en el sur de Manhattan, donde siempre había soñado vivir, y tuvo un hijo.

A partir de ese momento, su vida fue apacible. Gracias a su reputación profesional pudo cambiar de trabajo en tres ocasiones y alcanzar una posición financiera desahogada. Con la herencia de su suegro, que murió en un accidente, su esposa y él decidieron mudarse a un apartamento más grande, al lado de Central Park, y más tarde, en el año 1999, compraron una casa pequeña en Long Island para pasar allí las temporadas de vacaciones. Trataron de engendrar otro hijo antes de que a ella se le descompusiera el organismo por la edad, pero no fueron capaces de hacerlo. Como alternativa, compraron un cachorro de mastín que, pocos meses después, tenía un tamaño gigantesco y atronaba la casa con sus ladridos. La vida de Moy, de ese modo, se convirtió enseguida en un transcurso plácido e insustancial. Tenía casi todo lo que un hombre de su posición puede desear, pero ahora que lo había conseguido no comprendía muy bien cuáles eran sus provechos. Amaba a Adriana, su esposa, y nunca tenía con ella disputas comprometidas, pero a menudo se aburría cuando estaban juntos, de modo que si salían a cenar a algún restaurante o iban al teatro, él hacía todo lo posible para que algún otro matrimonio amigo les acompañara. El amor que sentía por su hijo Brent era aún mayor y de una naturaleza extraña, atávica, pero a pesar de ello no dejaba de pensar, a veces, que para cuidarle había tenido que renunciar a muchas de las costumbres que le habían hecho feliz durante la juventud: cuando nació, Adriana y él dejaron de ir a fiestas y a discotecas, guardaron en el trastero la tienda de campaña con la que se escapaban algunos fines de semana a las montañas de Catskill, cerca de Nueva York, y cancelaron los planes que habían hecho para viajar a los países de Europa que no conocían y al sur de la India, adonde él, que tenía un hermano mayor de modales hippies, había soñado siempre con peregrinar. El empleo que desempeñaba, resolviendo los asuntos legales de una compañía de

15

servicios financieros, no le satisfacía ya, y el jefe a cuyas órdenes debía trabajar había llegado a convertirse para él, con el paso del tiempo, en una especie de ogro sanguinario y pánfilo que le atormentaba. Para triunfar profesionalmente y hacer fortuna con la abogacía había abandonado hacía años el ejercicio de la literatura, que en la época universitaria, cuando conoció a Adriana, era su mayor pasión. También había ido desinteresándose poco a poco de sus aficiones: ya no tocaba el saxofón nunca, salvo en alguna solemnidad especial en la que se lo rogaban, ni participaba en las reuniones de un círculo de debates políticos de Brooklyn del que era miembro. En su existencia, en fin, sólo había ya acontecimientos sin emoción y rutinas confortables.

Todos los lunes, al salir del despacho, iba a una piscina climatizada de la calle 51 Oeste y nadaba durante casi dos horas para desentumecer los músculos del cuerpo, que después de la haraganería del fin de semana solían estar tiesos y doloridos. Luego regresaba a casa caminando, cenaba algo con Adriana y se tumbaba en la cama a leer algún libro hasta que le llegaba el sueño. El lunes diez de septiembre de 2001 tuvo que asistir en las oficinas de un pleiteador a una reunión de urgencia que se alargó mucho, pero a pesar de ello fue a la piscina y nadó durante dos horas, como solía, hasta que los pensamientos le desaparecieron de la mente y, rendido por el esfuerzo, el cuerpo se le templó. Era más tarde de lo habitual, pero no quiso tomar un taxi para volver a casa. Telefoneó a Adriana para avisarla del retraso y caminó con calma por Lexington Avenue, hacia el norte, y después por la calle 60, donde vivía. En ese camino, que era el que recorría todos los lunes un poco más temprano, pasó por delante del restaurante Continental, que al parecer en aquella época era uno de los más apreciados de la ciudad o tenía, al menos, una reputación exclusiva entre un cierto grupo de clientes distinguidos y modernos. Cuando viajé a Nueva York en junio de 2011, paseé por esas calles, siguiendo el recorrido de Brandon Moy, y busqué el Continental para ver cómo era, pero ya no existía. Según Moy, que nunca había llegado a entrar, el local tenía dos amplios ventanales descubiertos a ambos lados de la puerta, y a través de ellos, en el interior, se podía contemplar a los comensales con sus celebraciones. La luz era tenue y el ambiente, a pesar de la formalidad que reinaba, parecía siempre bullicioso y festivo. Alguna vez, al pasar por delante, Moy había pensado que podría llevar allí a Adriana para sorprenderla, pero luego nunca encontraba la ocasión de hacerlo.

17

Ese día, a la hora en que regresaba a casa, algunos de los clientes ya estaban terminando de cenar. Moy se detuvo durante un instante frente al ventanal, miró distraídamente hacia el interior y vio junto a una de las mesas, de pie, a uno de sus grandes amigos de la adolescencia, de quien no había vuelto a tener noticias desde que a los veinte años, en los primeros cursos, fue expulsado de la universidad por rebelde y por bohemio. Se quedó trastornado mirándole y recordó de golpe las ilusiones que habían criado juntos, las tardes perdidas en conversaciones o en disputas filosóficas, las chicas que compartían, las visiones casi místicas que se contaban uno al otro cuando probaban drogas, los relatos de ciencia ficción que escribían a medias o los partidos de béisbol que jugaban a medianoche con un grupo de compañeros en un campo de Brooklyn. Sintió un suave escalofrío y de repente tuvo ganas de llorar por todo aquello que se había ido malogrando desde entonces.

Su amigo, que se llamaba Albert Fergus, estaba de pie cerca de la puerta y sujetaba en las manos, abierto, el gabán de la mujer que le acompañaba. Ella acababa de levantarse de la mesa y se reía de algo que Fergus había dicho. Él seguía hablando con desenvoltura, haciendo muecas y moviéndose como si jaleara. Mientras la mujer se ponía el gabán y guardaba en su bolso algunas cosas, Brandon Moy les contempló desde la calle hipnotizado. La imagen del restaurante, vista a través del ventanal, era como una película de cine mudo. No podía oírse lo que decían los parroquianos ni escucharse el bullicio o la música que sonaba dentro. La interpretación de lo que estaba ocurriendo, por lo tanto, debía hacerse observando únicamente los gestos, los movimientos corporales y la escenografía del local, y con esas composturas todo parece siempre prodigioso. Moy examinó la expresión de felicidad de los personajes e imaginó que las palabras que decían estaban llenas de emoción y de trascendencia. En el tiempo que Albert Fergus y su acompañante tardaron en enfilar la salida del restaurante y alcanzar la calle, Brandon Moy ya había reconstruido con fantasías la vida completa de su antiguo amigo.

Cuando Fergus le vio allí, en la acera, le abrazó emocionado. Sus ojos relumbraban, como si le hubieran venido también a él ganas de llorar. A bocanadas, casi sin resuello, le contó a Moy todo lo que le había ocurrido desde aquellos años universitarios en los que dejaron de verse: viajó durante varios meses por Estados Unidos y México, probó drogas alucinógenas, convivió con indígenas y con mujeres bellísimas, pasó una temporada en una cueva del desierto, formó parte de una comuna de monjes budistas en San Diego y se dedicó al boxeo para pagar unas deudas que tenía. Siguió escribiendo relatos de ciencia ficción en unos cuadernos que llevaba siempre consigo, y un día, por casualidad, uno de los ejecutivos de una productora que trabajaba para la Metro Goldwyn Mayer los leyó. Le ofrecieron un empleo de guionista en Hollywood y se mudó a Los Ángeles, donde había vivido desde entonces. Con el paso de los años fue dejando de escribir. Ahora se ocupaba de coordinar a los libretistas en algunas series televisivas de éxito y de buscar talentos jóvenes. Había estado casado, pero su matrimonio se atolló en algunas ciénagas y tuvo que divorciarse. Después había mantenido varias relaciones sentimentales más o menos serias, aunque prefería –dijo con picardía juvenil– la vida desordenada de los solteros. Le presentó entonces a Tracy, que permanecía a su lado escuchándole divertida.

–Yo soy la que le desordena la vida en Nueva York –dijo ella riéndose.

Brandon Moy contempló durante todo ese tiempo a Fergus con un gesto bobo y melancólico, como si frente a sus ojos estuvieran ocurriendo todos los prodigios que contaba. Sintió hacia él de repente una admiración extravagante, parecida a la que los niños muy pequeños sienten por sus padres o por sus preceptores. Mientras le escuchaba, se fijó en los detalles de su indumentaria: el traje de cachemir cortado en patrones muy rectos, como exigía la moda; el reloj de acero con la correa oscura; los zapatos de punta angulosa, muy lustrados; la hebilla redondeada del cinturón; las gafas de montura verde, el anillo grueso de cobre, la corbata suelta. Creyó que en todo aquello era posible ver las trazas de su vida, los signos de la aventura o de la distinción que había logrado.

–¿Y tú? –preguntó Fergus–. ¿Cómo ha sido tu vida en estos años?

Brandon Moy se sintió avergonzado de sí mismo y balbuceó unas palabras que no se entendían. Luego sonrió enseñando mucho los dientes, con un gesto servil y empalagoso que Fergus fingió no ver.

–Seguro que tienes también un montón de mujeres desordenándote la vida –dijo Tracy para distraer la situación, que se había vuelto embarazosa.

–Sólo una –explicó Moy sin continuar la broma–. Me casé con Adriana. Tú llegaste a conocerla –le dijo a Fergus, que arrugó los ojos como si tratara de recordar–. La chica de los dientes azules –añadió para encaminarle la memoria.

–La chica de los dientes azules –repitió Fergus–. ¿Y sigues casado con ella?

Brandon Moy asintió apartando la mirada hacia el suelo, como si aquel reconocimiento fuera humillante. En ese instante Fergus miró el reloj y se disculpó porque debía tomar esa misma noche un avión hacia Boston, donde se había citado con un autor de melodramas al que tenía que corregir algunas escenas de su próxima película antes de viajar, al día siguiente, a Los Ángeles. «Duermo poco», le dijo a Moy mientras le abrazaba, «pero ya tendré tiempo de dormir cuando esté muerto.» Se despidieron apresuradamente, intercambiaron tarjetas de visita y se emplazaron para cenar juntos cuando Fergus regresara a Nueva York a una reunión de su productora que debía celebrarse dos o tres semanas después. Moy esperó a que se montaran en el taxi que había detenido Tracy y luego se quedó allí parado durante mucho tiempo mirando con el mismo gesto de embobamiento el fondo de la calle, las luces de los semáforos, el cielo negro.

Mientras caminaba de nuevo hacia su casa, taciturno, fue recordando todo lo que le había contado Fergus acerca de su vida, pero de cada uno de los hechos se representó únicamente imágenes plácidas o jubilosas: de los viajes a lo largo de Estados Unidos y de México se figuró los paisajes deslumbrantes; de la convivencia con los indígenas, los bailes folclóricos; de los combates de boxeo, la épica de los grandes triunfos; de la vida en la cueva del desierto, la paz interior que transmite la naturaleza; de las mujeres hermosas con las que había tratado, las noches de sexo libertino; de la experiencia con las drogas, las visiones psicodélicas y celestiales; y de su trabajo como guionista tomó en consideración sólo la fascinación creativa y el glamour del cine. Como advierten atinadamente los psicólogos, no pensó en ninguno de los elementos dolorosos, tristes o funestos que había habido en todas esas peripecias. No se le ocurrió imaginar las tardes interminables de aburrimiento que habría pasado en las carreteras rectas y desguarnecidas, ni la mortificación que le causaría ser derribado sobre la lona de un ring ante un público vociferante, ni el frío helado que se le metería en los huesos durante las noches del desierto, ni el hambre o el miedo de los días a la intemperie, ni el desamparo que sentiría al despertar por las mañanas sin ninguna mujer al lado, ni la alienación que supondría para él traicionar su espíritu creativo escribiendo diálogos insustanciales para películas de adolescentes. Ni una sola de esas figuraciones se le pasó por la cabeza a Brandon Moy mientras recreaba en su imaginación la vida fabulosa de Fergus. No concibió ni un solo instante de desdicha.

Su propia vida, en cambio, le parecía una suma de insignificancias, de pequeñas renuncias o humillaciones que iban apagándola. Se acordó, por ejemplo, del concierto de Bob Inkalis al que no había podido ir una semana antes porque Adriana, en el último momento, se había sentido cansada. Bob Inkalis era un saxofonista legendario que había llegado a tocar cuando estaba empezando su carrera con Art Blakey y con Bill Evans. A comienzos de los años ochenta había grabado algunos discos memorables y había hecho una gira por todo el país. Moy había asistido a dos conciertos suyos, y en uno de ellos había tratado de llegar hasta el camerino para mostrarle su admiración. Luego Inkalis se había hundido en las cavernas de las drogas y del alcohol. No había vuelto a grabar ni a actuar sobre un escenario. Cuando Moy se enteró de que iba a dar un concierto en el Madison Square Garden, sintió una emoción juvenil. Compró enseguida las entradas y se pasó varios días escuchando las grabaciones antiguas que tenía de él. El día del concierto, sin embargo, Adriana, que se había olvidado de la fecha, llegó a casa exhausta. Moy, preparado para salir, la estaba esperando con impaciencia. Ella se dejó caer en el sillón junto a él y le miró con gesto implorante. «No tengo fuerzas para ir a meterme en medio de una multitud», le dijo. Y luego, con

24

ternura, apoyó la cabeza en su hombro y cerró los ojos. «Ve tú», susurró. «Ginkali te gusta mucho y no tienes que perdértelo por mí.» Después se quedó dormida. A Moy le irritó que ni siquiera recordara el nombre correcto del músico, pero no se movió de su lado. Comenzó a pensar que Bob Inkalis daría probablemente otro concierto pronto. O que, tantos años después, con los pulmones destrozados por la mala vida, su saxofón sonaría a aire roto, a resquebrajadura, y que en ese caso era mejor no volver a verlo nunca para no ensombrecer los recuerdos que tenía de él.

No se enfadó con Adriana por aquello, pero sintió una vez más que su existencia se había quedado sin sustancia, que podían hacerse sobre ella profecías que se cumplirían siempre. Era una ansiedad difusa y ácida, como la que se tiene algunas veces al pensar en la propia muerte.

Cuando Moy llegó a casa aquella noche en la que se había encontrado con Albert Fergus, Adriana estaba acostando a Brent. Él se quedó unos minutos conversando con su hijo y luego fue a la cocina a prepararse algo para cenar.

—¿Te acuerdas de que cuando eras joven te pintabas los labios de azul? —le preguntó a Adriana mientras hurgaba en el frigorífico.

Ella se rió de aquella ocurrencia y se levantó para ayudarle.

–Cuando era joven hacía muchas cosas extravagantes –dijo. Luego se quedó quieta, como si reflexionara, y puso un mohín travieso–: ¿Ya no soy joven?

Moy empezó a trocear verduras.

–El día en que te conocí los llevabas pintados de azul, pero el carmín se te había pegado a los dientes, que estaban también azules. Parecía que tenías una dentadura mágica. O una piorrea purulenta –añadió sonriendo–. Nunca te lo dije para no avergonzarte. Pero desde aquel día mis amigos y yo te llamábamos siempre «la chica de los dientes azules».

Adriana le abrazó por la espalda mientras Moy seguía troceando las verduras y las echaba en un bol para aliñarlas.

–¿Por qué te has acordado ahora de eso? –preguntó con ternura–. ¿Me has visto los dientes azules?

Moy se encogió de hombros y se quedó quieto junto a ella, sin decir nada y sin saber bien si el sentimiento que le abrumaba era la tristeza o el rencor. De una manera imprecisa, indescifrable, pensó que su propio fracaso era culpa de Fergus. Luego, volviéndose, abrió con un dedo los labios de Adriana y tocó sus dientes como si estuviera tratando de ponerlos azules otra vez.

Esa noche cenó en silencio frente a la televisión y fingió que debía acabar un trabajo en el ordenador para no tener que conversar con Adriana. Cuando ella se acostó, poco antes de medianoche, Moy apagó todas las luces de la casa y se sentó en un sillón que había cerca del ventanal. Recordó una vez más los afanes que tuvo en su juventud, los grandes prodigios que había esperado de la vida. Vio afuera las luces de Manhattan y se puso a llorar. Acababa de cumplir cuarenta y un años. No había visto realizado aún ninguno de los sueños que creía tener y seguramente nunca lo vería, pues a su edad ya no tendría ocasión de hacer cosas como las que Fergus le había contado. Ya no podría dormir en cuevas, probar drogas o viajar a ciudades remotas con un equipaje ligero. Los días en los que su vida no estaba predestinada ya habían pasado.

Antes de entrar en el dormitorio se tomó un whisky y un somnífero, pero a pesar de ello tardó mucho tiempo en conciliar el sueño. Trató de pensar en cosas placenteras y apacibles. En Adriana, a la que escuchaba respirar a su lado. En su hijo Brent, que había comenzado a comportarse ya como un pequeño hombre. En el *skyline* de Manhattan que se veía por la noche desde Brooklyn. En la casa de Long Island. A las cuatro de la madrugada se quedó por fin dormido. Tuvo un sueño profundo y manso, como si ninguna de las preocupaciones que le habían aturdido durante la jornada fueran en realidad importantes.

Adriana le despertó, como cada día, a las seis y media de la mañana, después de salir de la ducha. Volvió a despertarle a las siete, pero Moy no fue capaz de levantarse. A las siete y veinte, cuando se iba ya a llevar al niño al colegio de camino a su trabajo, igual que hacía siempre, entró de nuevo en el dormitorio y le zarandeó el cuerpo hasta que se incorporó en la cama y abrió los ojos. Le avisó de que el desayuno estaba preparado en la cocina y de que llegaría tarde al despacho si no se apresuraba.

Brandon Moy recordó luego con exactitud todos sus movimientos de aquella mañana. Permaneció aún unos minutos remoloneando en la cama. Después se levantó entumecido, sin diligencia, y desayunó perezosamente. Alrededor de las ocho se afeitó y se metió en la ducha, donde permaneció hasta que el agua hirviendo terminó de despertarle. Se demoró eligiendo un traje y buscó una corbata que hacía mucho tiempo que no se ponía. Por fin, cuando estuvo completamente vestido, guardó el ordenador portátil en su cartera y recogió algunos documentos que tenía desordenados sobre la mesa del comedor y que tal vez necesitara en alguna de las reuniones del día.

28

No miró el reloj, pero debió de salir de casa entre las ocho y media y las nueve menos veinticinco. Nadie le vio. Caminó hacia la tienda de prensa donde solía comprar cada mañana *The New York Times* y *The Wall Street Journal*, pero antes de llegar se dio cuenta de que sólo tenía billetes de cien dólares, de modo que se desvió hacia la calle 59, donde estaba la boca del metro que cogía cada mañana. Justo antes de entrar oyó el estampido: un traquido ahogado, seco, una especie de desgarrón hecho sobre metal o sobre vidrio. Se detuvo un instante y miró a su alrededor buscando la causa del ruido, pero no vio nada. A su lado, una anciana que paseaba se quedó parada en la acera y levantó la vista al cielo, a las azoteas. Una mujer, asustada, dejó caer al suelo el vaso de café del que estaba bebiendo, que rodó por el pavimento hasta una alcantarilla. Todo el mundo se sobresaltó durante el tiempo de un relámpago y luego continuó su paso. Moy terminó de bajar las escaleras del metro, pasó por el torno y cogió el primer tren que circulaba hacia el sur, en la ruta que hacía cada día. Dos estaciones después de haber montado, sin embargo, en la calle 42, el convoy apagó los motores y un empleado recorrió los vagones obligando a todos los pasajeros a descender. «Una avioneta se ha estrellado contra una de las torres del World

Trade Center», oyó que decía un hombre en el andén. «Han cortado todas las comunicaciones en esa zona.» Moy sintió un mareo, se le cerraron los ojos. Robertson & Millyander, la agencia de servicios financieros para la que trabajaba desde hacía más de siete años, tenía su sede en la planta noventa y seis de la Torre Norte. Desde su despacho, pequeño y mal ventilado, se veían los laberintos de la ciudad, las aguas grisáceas del Hudson y la costa de New Jersey. Se acercó al hombre que acababa de anunciar el accidente para escuchar sus explicaciones, pero entre el tumulto de los viajeros no oyó nada. Atravesó durante unos segundos el hervidero del andén, sonámbulo, y luego salió a la calle con el propósito de coger un taxi que le llevara hacia el sur.

Cualquier persona puede recordar qué estaba haciendo cuando se enteró de que las Torres Gemelas de Nueva York habían sido atacadas. Es uno de esos momentos cruciales que, por su brutalidad o por su trascendencia, se quedan grabados a fuego en la memoria. Yo había ido a comer a casa de mis padres y estaba viendo con ellos el telediario, que se abrió con las imágenes del primer avión –una avioneta, según la presentadora, que coincidía en este punto con la versión del hombre del andén– chocando contra la torre. Mi hermana estaba en una clase de natación y sintió cómo de repente todas las personas que nadaban a su alrededor comenzaban a acercarse a las orillas y salían de la piscina. Oí hablar de una mujer, amiga de una de mis amigas, que fue sorprendida en la cama con un amante porque su esposo, que nunca regresaba a casa al mediodía, volvió ese día para ver junto a ella las imágenes atroces de la televisión. Y llegué a conocer también a un escritor que, recluido en una casa de campo de la Sierra de Cazorla, donde se había retirado a terminar una novela, no tuvo ninguna noticia del suceso hasta el día trece de septiembre. Brandon Moy, que trabajaba en el edificio contra el que se estrelló el primer avión y que debía haber estado en su despacho a esa hora, como cada día, recuerda con exactitud casi científica todo lo que ocurrió aquella mañana. Sus veintisiete compañeros de Robertson & Millyander murieron en el atentado. Él no murió, pero su vida cambió completamente en esas horas.

Cuando salió de nuevo a la superficie, ya se veían desde cualquier parte de Nueva York las columnas de humo levantándose hacia el cielo. El tráfico se había detenido y las calles estaban llenas de individuos que miraban al horizonte con desconcierto, maravillados por un prodigio que aún no sabían comprender. Moy le oyó decir a una mujer que las dos torres habían sido atravesadas por el avión, pero poco después, en uno de los corrillos bulliciosos que se formaban en las aceras, encontró un hombre joven que, con auriculares en los oídos, iba repitiendo en voz alta lo que escuchaba en la radio: no había sido un avión, sino dos, lo que se había estrellado contra las torres, que estaban ardiendo. Había miles de personas atrapadas dentro. Resultaba imposible calcular aún el número de víctimas, pero todos los pasajeros de los aviones y muchos de los trabajadores del World Trade Center se habrían desintegrado sin duda en la colisión. Eran aproximadamente las nueve y media de la mañana, y Moy, a quien aún no se le había pasado por la cabeza ninguno de los planes que comenzaron a obsesionarle luego, trató de telefonear a su esposa para tranquilizarla. Las líneas, sin embargo, estaban colapsadas y no pudo hablar con ella. Ese hecho –una limitación tecnológica, una contingencia– determinó el resto de su vida.

Brandon Moy caminó durante más de una hora hacia el sur de Manhattan. La policía le impidió el paso en los alrededores del World Trade Center, como a todos los transeúntes, de modo que se quedó observando desde una trinchera de vehículos y de máquinas extrañas la nube de fuego que oscurecía el aire, la sombra de rascacielos ardiendo. Escuchó el estruendo que se produjo cuando las torres se derrumbaron. Vio pasar junto a él a hombres que tenían en la cabeza heridas sangrantes o que llevaban torniquetes en alguna parte del cuerpo. Estuvo durante un rato abrazando a una mujer a la que las llamas habían abrasado la piel de los muslos y del vientre. Observó el gesto alucinado o vesánico que traían en el rostro –lleno siempre de ceniza– las personas que llegaban del sur de la ciudad. Sintió en el paladar el gusto de la escoria, del aire quemado. Y se unió a un equipo médico para ayudar a desnudar a los heridos llagados que iban a ser atendidos. Pasó en aquel lugar, entre Canal y Chambers Street, más de cinco horas, y aunque durante muchos meses no habló con nadie de lo que había visto allí, lo recordaba luego todo con una precisión perturbadora.

La primera vez que se le pasó por la cabeza que aquel instante funesto podría ser la última ocasión que tuviera en su vida de hacer todo aquello que nunca se había atrevido a hacer –dormir en cuevas, tomar drogas, escribir poemas–, fue a mediodía, cuando telefoneó de nuevo a Adriana para decirle que estaba vivo. Las líneas seguían cortadas, descompuestas por el exceso. Habían pasado más de tres horas desde que el primer avión se estrelló contra la torre en la que él trabajaba, de modo que su esposa, su hijo, sus padres y todos aquellos que le conocían estarían pensando ya en ese momento que había muerto. Que su cuerpo se había desintegrado en la explosión del choque, que había saltado al vacío para huir del incendio o que, aún vivo, se había hundido con el esqueleto del edificio y permanecía ahora descuartizado entre los escombros y la chatarra. Todos estarían convencidos a esa hora de que Brandon Moy ya no existía. De que era un despojo o un barro quemado. «La arcilla con la que Dios hace al hombre en el Génesis», decía él al contarlo. «La arcilla que vuelve a ser sólo arcilla cuando todo acaba. Lodo sucio, sedimento.»

Desde que se había despertado por la mañana, Moy no había vuelto a pensar en el encuentro con Albert Fergus, pero de repente vio entre la multitud a una mujer que venía hacia él, mirándole fijamente, y se acordó de Tracy. La mujer tenía, como ella, un abrigo de paño delgado con solapas muy grandes a la moda de los años cincuenta. Era del color del jade, pero estaba cubierto de pavesas negras. Al llegar a su lado, se desplomó. Moy se arrodilló junto a ella, le pasó un brazo por la espalda y la abofeteó para que despertara. La mujer, sin embargo, no reaccionó.

Entonces Moy hizo algo extraño que nunca logró comprender del todo: se inclinó para besarla en la boca. Le separó los labios con la yema de los dedos y luego apretó la lengua sobre sus encías, que tenían sabor a ceniza. Meses después, cuando recordaba ese episodio absurdo y grandilocuente, llegó a creer que, como en los cuentos infantiles, estaba tratando de devolverle la vida. Pero en realidad sólo era un acto de emancipación, el primer quebrantamiento que cometía después de muchos años. Aquella mujer, que era fea y estaba desfigurada por los efectos de la catástrofe, le había recordado a Tracy, y Moy, como Fergus, quería besarla, sentir esa libertad que se tiene cuando no se le debe lealtad a nadie.

Levantó a la mujer, pasándole el otro brazo por detrás de las rodillas, y cargó con ella hasta el puesto de socorro médico. La dejó allí, tumbada sobre el capó de un coche. En ese momento le vino a la conciencia todo lo que estaba pasando. Se dio cuenta de que seguramente nadie creería ya que estaba vivo, y se acordó entonces de repente de la risa de Albert Fergus mientras le ponía el abrigo de solapas grandes a Tracy en el restaurante, de su aire mundano y confiado y de todas sus aventuras, que, incluso sin el brillo del detalle, contadas en la calle con atropello, parecían apasionantes. Cuando se despidieron en la acera, mientras veía alejarse el taxi, había pensado que si pudiera volver a nacer le gustaría vivir como Fergus, con esa impetuosidad atolondrada. Y ahora, pocas horas después, en medio de un infierno inesperado y surreal, la Providencia le ofrecía la posibilidad de nacer de nuevo. La muerte es un acto biológico, una cesación del funcionamiento de los órganos vitales del cuerpo, pero también puede ser, como dicen los poetas, un estado espiritual o una actitud. Brandon Moy pensó aquella mañana, mientras contemplaba las figuras espectrales de su alrededor, que si ninguna de las personas que le conocían creía en ese instante que estaba vivo, él podría decidir si realmente lo estaba. Jamás se habría atrevido a abandonar a su esposa y a su hijo en circunstancias normales, pero aquel día, mientras vendaba llagas o mojaba con paños húmedos los labios de hombres moribundos en el puesto de socorro, comenzó a sentir que por primera vez desde hacía mucho tiempo no tenía ningún compromiso con ellos. Después de casi quince años de matrimonio, seguía enamorado de Adriana, pero con una pasión muy distinta de la que había experimentado en la juventud. No sufría ya nunca sofocos o desfallecimientos al pensar en ella o al imaginarse a sí mismo abandonado o viudo. Cuando la abrazaba, no sentía ya exaltación, sino

36

calma. Quería seguir viviendo junto a ella, pero desde hacía mucho tiempo no era capaz de saber por qué. «Es posible que a veces continuemos viviendo junto a una persona por miedo a destruir el pasado y no por el deseo de construir a su lado el porvenir», me dijo en una ocasión Brandon Moy. «Creo que es lo que me ocurrió a mí con Adriana. Nunca pensé en separarme de ella porque eso habría sido como reconocer que los dos fracasamos y que aquellos sueños que habíamos tenido durante tantos años sólo eran humo o apariencias. Adriana no habría podido soportar que yo me marchara y que conociese a otras mujeres. No habría podido resignarse a que viviera cerca de ella, en otro barrio de Nueva York, y siguiera yendo de vez en cuando a los restaurantes a los que habíamos ido juntos. Me habría odiado por todo ello. Y yo habría sentido culpa y vergüenza. Un abandono es una traición. Una muerte, en cambio, no lo es.»

Ése fue el jeroglífico o el sofisma que Brandon Moy concibió aquella mañana para justificar sus actos: si le hubiera anunciado algún día a su esposa que se marchaba de su lado para viajar por América o por el sur de la India, como habían planeado hacer juntos muchos años antes, ella le guardaría rencor durante el resto de su vida, pero si se iba ahora de Nueva York sin decir nada, caminando en silencio entre aquel paisaje de hecatombe, Adriana le guardaría duelo y sentiría hacia él gratitud eterna. Si se marchaba entre las llamas, su hijo no crecería pensando que su padre era un inconstante y un renegado, sino un héroe. Todos le recordarían con ternura, no con resentimiento. Esa cábala grotesca es la que avivó a Moy para tomar la decisión de abandonar la ciudad y marcharse lejos. Tal vez si lo hubiera meditado durante algunas horas más le habría faltado el valor, pero el apremio con que debía elegir le comprometió. Se dio cuenta de que si las líneas telefónicas recobraban la normalidad, tarde o temprano su aparato sonaría, y Adriana sabría entonces que no había sido destruido y que él seguía vivo. Lo sacó del bolsillo con parsimonia y lo apoyó suavemente en el suelo, sobre el cemento de la calzada. Luego lo pisó varias veces hasta que se hizo pedazos. En ese momento supo que Brandon Moy había muerto.

Algunos años después, cuando estaba investigando sobre el golpe de Estado de Augusto Pinochet en Chile para escribir mi novela *Las manos cortadas,* conocí el caso de un hombre que, como Moy, había aprovechado las circunstancias de la historia para huir. En su caso la trama había sido mucho más siniestra. Pablo Gajardo, un obrero metalúrgico que vivía en Antofagasta, llevaba varios meses tratando de encontrar el modo de pagar una deuda que tenía con un prestamista usurero. Ni sus padres ni su mujer, embarazada, sabían nada del asunto, y él, angustiado por el vencimiento del pago y por las miserias que la vida le traía, se iba cada tarde, al salir de la fábrica, a gastarse su poco dinero en alcohol para enterrar las penas. Robó en una tienda y se jugó el botín a las cartas, pero lo perdió de nuevo todo. Y entonces llegó la sublevación contra el gobierno de Salvador Allende, que casualmente se produjo también un once de septiembre. Los militares detuvieron en pocos días a centenares de chilenos que fueron asesinados. Muchos de ellos no volvieron a aparecer nunca. Enterrados en fosas comunes o arrojados al océano, se esfumaron sin dejar rastro. Pablo Gajardo no era sindicalista ni tenía vinculaciones políticas, pero aprovechando el caos en que estaba sumido el país y la represión brutal del ejército, decidió hacerse pasar por uno de los arrestados. Desordenó la covacha en la que vivían, vació los cajones por el suelo, rompió algunos objetos poco valiosos y se marchó de allí a escondidas. Caminó durante días hasta la frontera de Perú y se instaló en Lima. Cambió de identidad, abrió un tallercito e hizo fortuna. En Chile todo el mundo le dio por muerto. Su nombre formó parte de las listas de represaliados políticos y se le honró como mártir. A mediados de los años noventa, cuando murió realmente, uno de sus amigos peruanos encontró en su casa una caja de cartón llena de recuerdos. En ella había guardado una foto de su mujer, dedicada, varias cartas de confesión que nunca se había atrevido a enviar y su documento chileno. El amigo peruano escribió a la dirección que aparecía allí y un mes más tarde le respondió el hijo de Gajardo, que no llegó a conocerle. Poco a poco se fue destejiendo el enredo. El cuerpo no fue repatriado.

Muchas veces me he preguntado si yo, en unas circunstancias como las de Pablo Gajardo, tendría el coraje de abandonar mi casa y a mis seres queridos o si, por el contrario, acobardado, elegiría la ruina y el castigo antes que el alejamiento de todo lo que había sido mi vida hasta ese momento. La historia de Brandon Moy era aún más excepcional, pues no había en su caso ninguna amenaza definida ni ninguna situación de peligro, sino únicamente una tristeza imprecisa. A los cuarenta años o a otras edades menos ásperas, yo, como casi todo el mundo, había sentido el deseo de cambiar de vida por completo, de abandonar Madrid para marcharme a una ciudad distinta y lejana, de buscar un trabajo nuevo en el que pudiera comenzar a aprender cosas diferentes o de separarme de esos amigos constantes que, aunque queridos, me encadenaban a costumbres ya encenagadas y fastidiosas. Nunca lo hice, sin embargo. En el último momento me faltaban el valor o la firmeza. Me paraba a reflexionar, como si fuera metafísico, en que cuando vivimos de un modo estamos dejando de vivir de otros modos diferentes; que cuando elegimos un lugar no somos capaces de imaginar lo que podría habernos ocurrido en otro lugar distinto. Nunca supe si esa aprensión o ese apocamiento que me obligaban a quedarme en Madrid siempre que se presentaba ante mí la oportunidad de marcharme se habrían desvanecido en circunstancias como las que experimentaron Pablo Gajardo o Brandon Moy. Tal vez cada uno de nosotros tenga una encrucijada en la que le sea posible apartarse imperiosamente de todo lo que posee. Incluso de sus recuerdos.

Aquel día, Moy, como Pablo Gajardo, caminó sin detenerse. Atravesó las calles tratando de escapar del griterío y del tumulto, y salió de Manhattan cruzando a pie el puente de Williamsburg. Sin volver la vista atrás, atravesó Brooklyn, recorrió parques, avenidas y carreteras, y llegó por fin a un lugar solitario desde el que se podía ver todavía a lo lejos, a pesar de la oscuridad de la noche, el cielo quemado de Nueva York. Sentado en un

41

talud, hizo recuento de sus pertenencias: cuatro billetes de cien dólares, un ordenador portátil, un reloj y una pluma estilográfica. Las tarjetas de crédito no podía usarlas, pues su rastro bancario le habría delatado. Escarbó un hoyo con las manos y enterró allí mismo todos los documentos personales: las tarjetas, la licencia de conducir y la identificación de asociaciones y de clubs a los que pertenecía. Sólo se quedó, de su vida pasada, una foto pequeña de su hijo Brent.

Luego se examinó la ropa, que estaba manchada del polvo del aire de Manhattan y, en un costado de la chaqueta, de sangre. Embadurnó la sangre con arenisca para hacerla desaparecer. Después se desnudó y sacudió todas las prendas. Las revisó meticulosamente y, cuando estuvo seguro de que volvían a tener cierta prestancia, se vistió de nuevo. No había un espejo en el que mirarse, pero creyó que con aquel aspecto no sería tomado ya por un vagabundo o un salteador.

Tenía mucha hambre y el frío se le metía entre los huesos, pero se quedó dormido al resguardo de una pequeña cueva. Se acuerda de que esa noche no sintió remordimientos por lo que acababa de hacer. Su esposa y su hijo guardarían duelo y vivirían durante un tiempo descorazonados por la tristeza, pero acabarían encontrando pronto otros rumbos y enderezando el ánimo. Al cabo de unos meses, aquel aquelarre habría sido olvidado y sólo quedaría de él una sombra melancólica. Moy cerró los ojos y vio aún, asustado, las imágenes de hombres con amputaciones y de rostros abrasados por el fuego. No se le aparecieron en las pesadillas, sin embargo, los ojos saturninos de Adriana.

Los siguientes años de la vida de Brandon Moy fueron apasionantes y embriagadores, pero no merecerían ninguna atención literaria si no hubieran tenido su origen en esa muerte fingida y teatral. El día doce de septiembre, mientras el mundo entero continuaba sobrecogido por el terror, él viajó hasta Boston haciendo autoestop y montándose en el remolque de camiones de mercancías. Su cabeza era un hormiguero en el que se cruzaban enmarañadamente los pensamientos acerca de la catástrofe, los recuerdos apesadumbrados de la familia a la que había abandonado y la euforia de la vida que, por primera vez después de muchos años, tenía por delante. Se le mezclaba la imagen de su hijo con la de mujeres desnudas. Sentía remordimientos y, al instante siguiente, exaltación. En la comisura del labio comenzó a salirle una pequeña llaga, la calentura de la fiebre, y a media mañana tuvo un mareo que le obligó a tumbarse en el arcén de la autopista mientras esperaba que le recogieran.

Uno de los conductores que le llevó hasta Boston quiso conversar sobre los atentados, afablemente, pero Moy guardó silencio.

–Diez mil muertos. O veinte mil, quién sabe. ¿Conoce usted Nueva York?

–Sí –respondió Moy entre dientes–, estuve una vez hace mucho.

–¿Subió a las torres? Dicen que se tiene una visión grandiosa de la ciudad.

–Nunca subí. No me gusta la altura, tengo vértigo.

–Hay que ser un gran hijo de puta para hacer lo que han hecho –dijo el hombre–. Hasta treinta mil muertos puede haber.

Moy iba mirando descortésmente por la ventanilla del coche, sin atenderle. A pesar de que la tragedia había ocurrido a muchos kilómetros de distancia, en las orillas de la carretera se avistaba un aire gris, plomizo, un paisaje devastado y árido. Los rótulos de los moteles y los carteles indicadores parecían descoloridos, como los de esos lugares que vivieron tiempos de gloria y cayeron luego en la decrepitud y la ruina.

–Mi mujer quería que fuéramos a Nueva York –seguía hablando el hombre mientras conducía–. Quería entrar en Tiffany's y comerse una hamburguesa en Times Square. Pero ahora, después de la masacre, se le han quitado las ganas.

44

Yo, en cambio, tengo más que nunca. No voy a darles a esos hijos de puta el gusto de sentir miedo. ¿Sabe lo que creo? –preguntó sin quitar la vista del frente–. Es ahora cuando deberíamos ir todos a Nueva York. Mañana mismo, esta semana. Todos los americanos en Nueva York, todos en lo alto del Empire State. Para que se den cuenta de lo grande que es este país.

Pararon a comer en un restaurante de carretera y Moy dejó que el hombre le invitara. Su coche viejo, su ropa pasada de moda y su educación ordinaria revelaban que era un trabajador humilde, pero Moy no tenía ya, a pesar de su traje de mil dólares o de sus uñas recortadas en manicura, la posibilidad de comportarse con dignidad. Dos días antes se habría avergonzado de la situación, pero en aquel momento se sintió tranquilo.

–Me robaron todo –inventó para justificar su miseria–. Me quitaron el dinero, los documentos y el teléfono.

–Le dejaron la carterita –dijo el hombre señalando el portafolios de Moy.

Él se sonrojó, creyendo que el hombre había descubierto su mentira. Siguió comiendo en silencio, con la mirada perdida en el ventanal. El hombre sacó su billetera y buscó en ella.

–Puedo prestarle veinte dólares. No tengo más.

Moy, con la boca llena, cogió el billete y se lo guardó en el bolsillo del pantalón. Hizo la cuenta rápida: ahora tenía cuatrocientos veinte dólares.

Es difícil imaginar cómo debe de sentirse al perderlo todo –aunque haya sido por voluntad propia– un hombre de cuarenta años que ha pasado toda su vida en una situación de fortuna, con una casa amplia y llena de objetos apreciados, acostumbrado a tomar un whisky antes de cenar y a comprarse camisas nuevas cada seis meses, que comparte sus hábitos desde hace años con la misma mujer y que dedica una gran parte del tiempo libre que tiene a educar a su hijo. Cualquier persona que trate de ponerse en esa situación con su propia vida llegará a creer, razonablemente, que echaría de menos sus libros, su ropa, las citas con los amigos, la comodidad de su cama o de su sofá, los ratos de pereza frente al televisor, las calles de su ciudad y sobre todo el afecto de aquellos a los que ama. El propio Moy lo creyó así. En los primeros instantes, cuando abandonaba Nueva York con el propósito de no regresar jamás, pensó que no sería capaz de vivir sin la compañía de Adriana y sin poder abrazar cada noche a Brent, al acostarlo. Pensó que no se acostumbraría a comer cosas baratas y a beber alcohol de mala calidad. Pensó que añoraría la piscina a la que iba a nadar todos los lunes y la frutería que había en su calle, en la que se paraba a conversar de béisbol con el dependiente mientras elegía las manzanas o las fresas que iba a llevarse. Pensó, en fin, que lamentaría incluso haber abandonado su trabajo, las reuniones con los clientes y las juntas de dirección en las que se despachaban los asuntos más fastidiosos. Se acordó de su saxofón viejo, de la colección de discos de jazz que escuchaba por las noches cuando se quedaba trabajando a solas, de la hamaca que colgaban los veranos en el porche de la casa de Long Island y del reloj de arena que tenía en la mesa de su despacho y que a veces volteaba para ver cómo se escurrían verticalmente las partículas por el cuello de cristal. En sus cavilaciones tuvo presente todo lo importante de su vida y lo que, sin serlo, había llegado a convertirse en una conducta personal y categórica. Lo que más le perturbó, sin embargo, no fue nada de eso, sino un rito social venerable: la higiene. Sintió menos tentación de regresar a Nueva York para besar a Adriana que para darse un baño de espuma y ponerse ropa limpia. A partir del segundo día, no podía soportar esa sensación húmeda y pegajosa de la piel, que se le adhería a la ropa viscosamente en las axilas, en la espalda y en los pies. Entraba a menudo en baños públicos, mojaba un pañuelo en el lavabo y se encerraba luego en una letrina para desnudarse y lavarse el cuerpo poco a poco. Incluso cuando pudo ducharse, en el motel en el que durmió la segunda noche, siguió teniendo la misma percepción desagradable de suciedad, pues la ropa, impregnada de la sudoración y de las inmundicias de la vida callejera, volvía a mancharle inmediatamente. Cogió mondadientes de un bar para quitarse la mugre de las uñas y robó en unos grandes almacenes dos pares de calcetines que le parecieron fáciles de guardar sin ser visto. A menudo se quedaba pensando en los elementos de su cuarto de baño de Manhattan: los geles espesos, las cremas hidratantes, los champús, la pasta dentífrica, los perfumes. Y en esos instantes –luego tuvo remordimientos por ello– sentía mayor nostalgia del caño de agua tibia que de la ternura de su hijo Brent.

Moy creía en aquella época, como los poetas románticos, que con el padecimiento puede alcanzarse también la plenitud; o –aún peor– que sólo puede vivirse con intensidad aquello que se cría con tormentos. En realidad se había ido de Nueva York buscando eso: el filo del cuchillo sobre el que caminar, el peligro insondable que convirtiera su vida en una aventura. Por eso pasó aquellos primeros días con felicidad, a pesar de las penalidades. En el frío que le helaba por la noche cuando paseaba por la calle, o en la soledad absoluta en que estaba, sin familia ni amigos, creyó encontrar la esencia de la vida o, al menos, algunas de sus médulas más agudas. Y en realidad había algo de verdad en ello, porque Moy, apartado de golpe de todo lo que había guiado su existencia hasta entonces, volvió a observar el mundo con la perplejidad y el ansia de la juventud. Como cuando al mudarnos de ciudad para pasar unas vacaciones largas recobramos el vigor y la pasión que la rutina había ido adormeciendo y reencontramos gustos, placeres o inclinaciones que ya no recordábamos y que nos parecen nuevos, Moy halló en aquellos días el rastro de deseos, de ambiciones y de inquietudes que habían desaparecido hacía mucho tiempo de sus pensamientos. Volvió a especular, por ejemplo, acerca de la existencia de Dios, que era un asunto que había dejado de preocuparle por completo a los dieciséis años, cuando tras la muerte de uno de sus abuelos perdió la fe religiosa. Recuperó el deleite de pasear por las calles de un lugar que, como Boston, no conocía. O el de mirar con descaro a las mujeres, sabiendo ahora que si le respondían al gesto podría acercarse a ellas y tratar de conquistarlas.

—En Boston aprendí que la vida es una refutación de sí misma —me dijo años después en una de esas conversaciones fraternales que teníamos en los bares de Madrid–. Me di cuenta de que nada de lo que hacemos tiene sentido y de que, sin embargo, deseamos seguir haciéndolo. Me di cuenta de que las cosas más absurdas son las que luego nos dan más felicidad.

Brandon Moy había conocido un día, en Nueva York, al escritor Paul Auster, y sabía, por la lectura de alguno de sus libros y por los relatos biográficos que de él se hacían en las revistas literarias, que en su juventud había trabajado como marino en un petrolero y había pasado luego tres años viviendo en París «en una habitación de servicio minúscula en el sexto piso, donde apenas cabía una cama, una mesa, una silla y un fregadero», según contaba el propio autor en *La invención de la soledad*. A pesar de que pertenecía a una familia burguesa y de que, en consecuencia, podría haber llevado una vida plácida en su ciudad, haber accedido a empleos cómodos y bien remunerados, o incluso haberle pedido a su padre ayuda económica para pasar una temporada en Europa viviendo con bohemia pero sin estrecheces, Auster decidió buscar las mortificaciones físicas y la penuria, enfrentarse a la vida verdadera. Moy consideraba que esa actitud había forjado no sólo su temperamento, sino también su genio de artista. Estaba convencido de que para llegar a comprender las honduras del alma humana había que descender a los infiernos, pasar privaciones y sufrir desengaños. Por todo ello, afrontó su nueva situación con cierto sentimiento de alegría, como si en vez de soportar un castigo recibiera una recompensa.

Los primeros días, mientras el país se estremecía aún por la tragedia de las torres, Moy se puso a recorrer las calles de Boston en busca de un trabajo que le permitiese pagar la comida y el alquiler de una habitación hasta que pudiera poner en orden su nueva vida. No quiso leer los periódicos ni ver los noticiarios de la televisión, y trató de mantenerse alejado de las conversaciones callejeras en las que se hablaba de la tragedia de las torres, pues no tenía el ánimo preparado aún para saber nada de su propia muerte. A media tarde del tercer día vio en el ventanal de una cafetería del centro de la ciudad un cartel en el que se ofrecía empleo de camarero. Se lustró la ropa, se peinó el cabello con los dedos, se olió las axilas, que acababa de lavarse en los baños de otro establecimiento, y entró para postularse. El encargado examinó con desconfianza su aspecto, que no era ni por la edad ni por la indumentaria el que acostumbraban a tener los aspirantes al puesto, y le hizo varias preguntas acerca de su experiencia. Moy mintió con una naturalidad que le sorprendió a él mismo. Contó una historia triste –un abandono sentimental, un robo– e inventó trabajos anteriores en restaurantes de Pittsburgh y Nueva York. El encargado le habló entonces de las Torres Gemelas y de la maldición islamista. Moy le siguió la corriente, confraternizó con él y obtuvo el trabajo, en el que únicamente recibiría como salario las propinas recogidas.

–¿Cuál es su nombre? –le preguntó el hombre.

Moy palideció. Aunque era consciente de que para resucitar debería cambiar completamente su identidad, no había planeado nada al respecto. Tartamudeó y buscó en su memoria algún rostro al que anudar su porvenir.

–Albert –respondió atropelladamente–. Albert.

–¿Albert qué? Necesito saber a quién voy a contratar.

Moy volvió a tartamudear. Sabía que no podía hacerse llamar Albert Fergus porque ese hilo, andado el tiempo, podría llegar a convertirse en una soga.

–Tracy –dijo en una revelación–. Como Spencer Tracy.

El encargado le invitó a un café caliente y a un trozo de tarta, que Moy trató de comer disimulando su hambre. Ese día, al salir de allí, tuvo que robar. Necesitaba asearse por completo y comprar ropa informal –unos vaqueros, una camiseta y un jersey de abrigo– para presentarse al día siguiente en la cafetería. Caminó hasta una barriada tranquila y, en una de esas calles silenciosas de casas bajas y ajardinadas que hay en Boston, esperó a una víctima. Nunca en su vida había cometido un delito, salvo infracciones de tráfico y algún escamoteo fiscal de cuantía menor, pero sabía que debía hacerlo. No sólo era un acto necesario para encaminar económicamente su nueva vida, sino uno más de los eslabones de la experiencia que quería atesorar. Tenía la seguridad de que Fergus habría robado en alguna ocasión, e incluso era posible que hubiese sido detenido y hubiera pasado una temporada en la cárcel. Esos pensamientos, dibujados de repente en su cabeza, le paralizaron. La idea de ser arrestado y de regresar a Nueva York con la ignominia de un crimen, lo que le haría perder el aprecio de su hijo y la dignidad, le amedrentó. De repente se dio cuenta de que lo que estaba haciendo era un auténtico disparate. Podría estar en su casa de Manhattan, compartiendo con Adriana confortablemente una cena y mirando en el televisor las noticias acerca de la devastación terrorista, y sin embargo estaba en una calle oscura de Boston acechando el paso de algún incauto al que asaltar. Sintió cómo se le caía un velo de los ojos y cómo el enmarañamiento de sus teorías existenciales se adelgazaba. Comenzó a caminar para alejarse de allí y al llegar a una zona más transitada buscó una cabina telefónica desde la que poder llamar a Adriana para decirle que estaba vivo y que regresaría a casa inmediatamente. Pasó unos minutos urdiendo una historia verosímil que contarle para explicar su desaparición. Al final, decidió que se disculparía con una amnesia: no recordaba nada, no sabía cómo había sobrevivido al atentado ni de qué modo había llegado a Boston; hasta hacía unos instantes no recordaba ni siquiera su identidad, cuál era su nombre y en qué lugar estaba su casa; había vivido durante esos días como un mendigo, pero ahora, de pronto, le habían vuelto los recuerdos. Le diría a Adriana que la amaba y que estaba deseando volver junto a ella. Con la voz entrecortada por la emoción, le preguntaría por Brent, y luego, sin necesidad de esforzarse, se pondría a llorar para que ella no tuviera dudas de que decía la verdad. Aunque en realidad nadie podría creer que no la dijese: ¿a quién se le ocurriría imaginar que Moy se había fingido muerto para abandonar su vida mansa y desahogada? ¿Quién sería capaz de sospechar que renunciaría a su hijo y a su fortuna para buscar lances de trotamundos? Era un desatino, una irracionalidad a la que ninguna persona cabal encontraría fundamento.

Moy se acuerda de que llegó incluso a sacar una moneda del bolsillo y se acercó a la cabina telefónica. En ese momento podría haber acabado todo, pero al descolgar el aparato vio al otro lado de la calle a una mujer madura que caminaba hacia allí muy despacio, cojeando. Debajo del brazo, sujeto con tosquedad, llevaba un bolso grande. Moy esperó unos segundos hasta que la mujer llegó a su altura, y entonces, sin deliberación, sofocado por los nervios, salió de la cabina, cogió el bolso por uno de los extremos y corrió dando zancadas hasta que se perdió de vista. No oyó gritar a la mujer ni sintió tras de sí los pasos de perseguidores, pero a pesar de eso no se detuvo. Sólo cuando, sin resuello, llegó a un lugar despoblado que debía de estar a las afueras de Boston, se sentó en el suelo a descansar. Ya no pensaba en Adriana ni en Brent, sino en la euforia que había sentido al escapar, en el paroxismo que le invadió el cuerpo cuando arrancó el bolso de los brazos de la mujer. Aún notaba en los músculos, como una comezón, la electricidad de la adrenalina. Le temblaban las piernas y tenía los labios rígidos, secos. Después de unos instantes se dio cuenta de que en el puño izquierdo, cerrado, llevaba aún la moneda que iba a haber usado en la cabina telefónica para llamar a Adriana. Nunca se deshizo de ella. Como los millonarios que guardan su primer dólar, Moy conservó esa moneda para que le diera suerte, aunque durante mucho tiempo no estuvo seguro de en qué debía consistir su suerte.

En el bolso había un saquito de cosméticos, unas gafas graduadas, un breviario de oraciones, un teléfono móvil, documentos y cerca de doscientos dólares, que estaban escondidos en un bolsillo interior. Moy se guardó el dinero y tiró el resto a un contenedor de basura, asegurándose de que el bolso quedaba bien enterrado entre los desperdicios para que nadie fuera a encontrarlo por casualidad. Luego buscó un lugar tranquilo e iluminado y empezó a hacer recuento de sus necesidades. Tenía que comprar unos vaqueros, una prenda de abrigo y al menos dos camisetas para ir mudándolas. La ropa interior, oculta a la vista, podía esperar aún a tiempos de mayor fortuna. Debería procurarse sin más demora, en cambio, varios pares de calcetines, pues los pies era una de las partes del cuerpo en las que la suciedad se le hacía más intolerable. Los zapatos que llevaba eran demasiado elegantes, adecuados sólo para combinar con un traje o con ropa distinguida, pero podría aguantar con ellos hasta que ahorrara lo suficiente para comprar unas zapatillas deportivas.

Además de las necesidades indumentarias, había otras igual de apremiantes. Antes que nada, era preciso que encontrara una habitación barata donde dormir de forma estable. Los hoteles y moteles eran demasiado gravosos, de modo que tenía que buscar, en los anuncios clasificados de los periódicos, una casa particular en la que alquilasen cuartos por temporadas. Si adecentaba su aspecto, además, estaba seguro de poder lograr que le fiaran durante unos días, hasta que con las propinas del trabajo reuniera el dinero de una mensualidad. El gasto en alimentación no hacía falta considerarlo, pues en este periodo de austeridad y abstinencia podría subsistir con lo que comiera en la cafetería e incluso guardar los restos para prevenir tiempos más severos.

Pero el gasto más considerable que Moy debía hacer en los siguientes días no era de orden doméstico, sino de una índole más oscura y espinosa: tenía que conseguir cuanto antes documentación falsa a nombre de Albert Tracy. Además de las informaciones ficticias de películas policiacas y de las crónicas periodísticas sobre timos y suplantaciones de identidad, Moy había tenido noticia real de esas redes de delincuentes a través de algunos clientes del despacho de abogados, que en varias ocasiones habían sufrido estafas cometidas con documentos falsos. No conocía con detalle los mecanismos de falsificación ni el precio, pero sabía que a través de internet podía llegarse con facilidad a contactar con pequeños maleantes que por poco dinero confeccionaban pasaportes, licencias de conducir y tarjetas del Seguro Social. Esa misma tarde entró en un cibercafé del centro de Boston y buscó alguna pista que le permitiera llegar a una de esas redes o a sus lindes. Navegando de página en página, rebuscando en foros y en chats de internet, consiguió dos direcciones de correo electrónico a las que dirigirse. Se abrió una cuenta de hotmail con datos inventados y desde ella escribió a esas direcciones solicitando información como si fuera una demanda laboral o una súplica burocrática.

Al salir del cibercafé robó uno de los periódicos que había en el mostrador para lectura de los clientes y buscó habitaciones de alquiler en los anuncios clasificados. Entonces, por azar, ocurrió algo que cambió el rumbo de los acontecimientos: Moy vio los anuncios de relaciones personales, detrás de los inmobiliarios, y se puso a curiosear en ellos. Casi todos eran de homosexuales o de hombres solicitando relaciones con mujeres, pero había tres redactados por señoras maduras que deseaban encontrar caballeros con los que compartir su vida o con los que, al menos, disfrutar de algunos de sus placeres. Moy los leyó atentamente varias veces y eligió uno de ellos que le resultaba sugestivo: una mujer de cincuenta años, que decía conservarse en perfecto estado, con cuerpo juvenil, buscaba a un hombre fogoso o apasionado –decía *ardent,* en inglés– que la consolara de las penas de la edad. A Moy, que nunca había sentido una atracción especial por las mujeres mayores, le excitó aquel anuncio tan franco, tan recto, que no se entretenía en ambigüedades ni se amparaba en falsas ilusiones. Sintió compasión por aquella mujer y se imaginó a sí mismo en su cama como si en vez de un amante fuera un filántropo, haciéndola gozar para aliviar su desconsuelo y enseñándole secretos eróticos con los que poder olvidar las malaventuras del mundo. La telefoneó inmediatamente y estuvo conversando con ella casi una hora. Le mintió en todo: le dijo que acababa de divorciarse, que se había mudado de Pittsburgh hacía unos días y que quería rehacer su vida en Boston, lejos de las desdichas del pasado. Descubrieron que tenían en común la afición por Ella Fitzgerald, por las ensaladas y por las novelas de Enid Blyton, que Moy había leído cuando era niño. A los dos les gustaba conducir y levantarse temprano. Ella, que se llamaba Daisy, quería aprender a bailar y plantar flores en su jardín, pero no le tentaba la idea de hacerlo sola. Era tímida, y cuando Moy se acercó con insinuaciones a los temas sexuales, se quedó callada, respirando medrosamente al otro lado del teléfono. Él tuvo la ocurrencia de que Daisy le invitaría aquella misma noche a dormir en su casa, pero enseguida se dio cuenta de que, con el aspecto que tenía, desaseado y mal vestido, eso habría sido desastroso. Se citaron para el día siguiente en un café del centro, cerca del lugar en el que él iba a trabajar, y se despidieron con una cortesía un poco rancia, de modales anticuados, que a Moy le hizo imaginar que Daisy era una de esas mujeres que se sienten halagadas cuando les regalan flores o les apartan la silla en un restaurante para que se acomoden.

En una tienda de saldos que encontró cerca del cibercafé compró la ropa que necesitaba. Luego entró en una lavandería y le pidió al dependiente que le limpiara el traje con el método más barato que existiese, aunque no quedara impecable. Le suplicó, con otras mentiras, que se lo entregara al día siguiente sin recargo de precio por la urgencia, y el dependiente, conmovido o fastidiado, se comprometió a ello. Por fin, cuando ya era noche cerrada, Moy buscó un hotel en el que dormir. Se gastó setenta dólares en pagar una habitación confortable. Antes de acostarse, se dio un baño con agua muy caliente y vio cómo iban desprendiéndose de su cuerpo las impurezas acumuladas durante aquellos días, como si un bautismo le arrancara no sólo la tizne y las costras del sudor, sino también las culpas de la huida.

Brandon Moy tenía una personalidad impenetrable, tortuosa, y en alguna ocasión llegué a creer que estaba loco y que todo lo que contaba eran delirios o fantasías de su imaginación. Tal vez antes del atentado de las torres, en su vida rutinaria de Nueva York, fuera un hombre corriente, dueño de un pensamiento lógico y ordenado. Cuando yo le traté, en cambio, su discurso no tenía método ni cohesión. Los vínculos entre los recuerdos y los hechos iban cambiando a medida que cambiaba su ánimo o que alguna asociación de ideas fortuita le hacía descarrilar los hilos de la memoria. La primera vez que me habló de aquel día de Boston, de aquel hotel de setenta dólares en el que se había lavado con agua hirviendo las inmundicias y los pecados, me explicó que al meterse luego en la cama había sentido una felicidad extraordinaria, como esa que se tiene únicamente en la infancia. Había creído que por fin estaba haciendo con su vida lo que debía y que aquellas tribulaciones –la suciedad, la penuria económica, la ausencia incluso de un libro que poder leer antes de dormirse– eran sólo las manifestaciones de la plenitud que perseguía. No tenía ninguna certeza de lo que le ocurriría al día siguiente, y esa circunstancia, que durante mucho tiempo le había parecido amenazadora, le parecía ahora providencial. Varios meses después, sin embargo, volvió a describirme esos días que siguieron al once de septiembre, pero entonces ya no dijo que habían sido dichosos y fructíferos, ya no me habló de la embriaguez o de la ventura que, al pensar en la libertad que a partir de ese momento tendría para acostarse con mujeres desconocidas o para experimentar emociones extremas, había sentido aquella noche en ese hotel de categoría mediana de Boston. Me aseguró, por el contrario, que se había quedado en vela, llorando con un desasosiego nervioso y opresivo, y que había estado a punto varias veces de telefonear desde la habitación a Adriana para pedirle que fuera a buscarle. Me confesó que había llegado a pensar en quitarse la vida, en comprar pastillas hipnóticas o en saltar desde lo alto de un edificio. Llegó incluso a asomarse a la ventana del hotel en medio de la noche, pero su habitación estaba en un segundo piso y le dio miedo la escena grotesca de un suicidio malogrado. Las dos versiones del relato, la sublime y la dramática, la del júbilo y la de la desesperación, estaban llenas de detalles concretos, de minucias materiales que hacían pensar que el recuerdo era auténtico: las tijeras que había pedido en recepción para poder cortarse las uñas, el estampado anticuado del papel de las paredes, la falta de consistencia de las almohadas, el color azulado de las lamparillas, las admoniciones escritas a lápiz en los márgenes de la Biblia que había en el cajón de la mesilla de noche o los ruidos de gritos en uno de los cuartos vecinos le daban textura real a la descripción de sus estados de ánimo —al gozoso y al depresivo— y los hacían pasar por verdaderos. Es posible que aquella noche Moy sintiera al mismo tiempo, como si fueran la cara y la cruz de la misma moneda, un gran desamparo y una esperanza prodigiosa. Sin duda se sintió solo, desabrigado y despavorido por el porvenir, pero a la vez tuvo que imaginar, como había hecho junto al restaurante de Nueva York después de hablar con Albert Fergus, maravillas portentosas frente a sí: mujeres desnudas, laureles, aventuras y experiencias sobrehumanas. Al pasar el tiempo, importunado por la contradicción, habría ido disociando esas dos visiones antagónicas hasta convertir aquella noche en dos noches distintas, una placentera y otra sombría. Es lo que hacemos todos casi siempre, por ejemplo, al recordar nuestra adolescencia.

Durmiese profundamente o pasara la noche en vela, a la mañana siguiente Moy se levantó con puntualidad, volvió a asearse, se vistió su ropa nueva y se marchó del hotel. Antes de ir a la cafetería a la hora que había acordado con el dueño, telefoneó desde una cabina a varios de los anunciantes que en los clasificados del *Boston Globe* ofrecían habitaciones en alquiler y se citó con dos de ellos para la tarde. Luego buscó un cibercafé y consultó el correo electrónico: nadie le había respondido. A media mañana, puntual, entró en la cafetería y comenzó a trabajar. No hubo demasiados clientes, pero reunió casi sesenta dólares de propinas. Se dio cuenta, sorprendido, de que cualquier oficio tiene atolladeros y contrariedades. A pesar de su inexperiencia con las bandejas y con las comandas, trató de esmerarse en el servicio y de aprender rápido las astucias necesarias. Fue amable y diligente. Obedeció al encargado en todo lo que le decía y procuró estar pendiente de sus muecas y sus aspavientos para anticipar la opinión que tendría de él. Al final de la jornada, cuando cambió su turno, comió restos de tartas y de sándwiches y se despidió hasta el día siguiente, exhausto por el esfuerzo. El encargado le felicitó.

A la hora en que volvió a chequear su cuenta de correo electrónico ya le había respondido uno de los falsificadores a los que había escrito el día anterior. Con un lenguaje cauteloso y lleno de sobrentendidos, le explicaba que lo que él estaba buscando podría obtenerse en diez días sin dificultad ni riesgo, pero que el precio era de cinco mil dólares, de los que la mitad debía pagarse por anticipado. Le ofrecía la posibilidad de hacer toda la tramitación por correo, como si fuera una gestión administrativa corriente, o de acudir a una cita personal si lo prefería. En cualquiera de los dos casos, sólo necesitaba entregar, además del dinero, fotografías de tamaño carnet.

A Moy le tranquilizó que hubiera una respuesta, pues suponía la constatación definitiva de que transformarse en otro era burocráticamente un proceso sencillo. Le alarmó, sin embargo, el precio. Unos días antes, en Nueva York, le habría parecido barato: tan sólo cinco mil dólares –el precio del alquiler mensual de un apartamento como el suyo– por convertirle en un hombre distinto, un individuo con un pasado blanco o transparente sobre el que poder reescribirlo todo. Pensó, ampulosamente, que una vida nueva costaba menos que la mayoría de los coches, que un viaje a Europa o incluso que un abrigo de una marca exclusiva. En ese momento, sin embargo, cinco mil dólares eran una fortuna inalcanzable para él. En su cuenta corriente y en su cartera de valores había casi cien veces más de ese dinero, pero sólo podía acceder a él Brandon

Moy, que había muerto el once de septiembre en el atentado de las Torres Gemelas.

A la cita con Daisy acudió vestido con el traje recién acicalado y con el resto de la ropa guardada en una bolsa grande. Le compró una rosa que a ella, como Moy había previsto, la cautivó. Daisy era una mujer de cuerpo menudo. A pesar de la edad seguía siendo guapa, pero el maquillaje exagerado que llevaba, trazado con tonos fucsias y azulones, le daba un aire ordinario y provinciano a su aspecto. Tenía el pelo mal teñido y las uñas largas pintadas con arabescos.

Moy se dio cuenta enseguida de que si se comportaba con sagacidad podría conseguir de ella lo que quisiera. Le contó de nuevo la historia de su divorcio y, fingiendo turbación por la deshonra, reconoció que estaba arruinado.

–No soy un buen partido –dijo sin mirarla, como si le sofocara la vergüenza.

Daisy trató de consolarle. Hablaron de películas, de la vida de Ella Fitzgerald y de las excursiones que se podían hacer desde Boston: el bosque de Green Mountain, Cape Cod, la costa de Nueva Inglaterra y, a más distancia, Montreal y la región sur de Canadá. Moy le explicó con entusiasmo que a él le gustaba mucho viajar pero que con su esposa no había tenido ocasión de hacerlo. Cuando Daisy propuso que fueran a su casa a cenar, alardeando de que era una excelente cocinera, Moy ya estaba seguro de que aquella mujer podría ser el auxilio que necesitaba.

Nunca tuvo voluntad de herirla ni de abusar de su bondad, aunque la línea que le separaba del engaño era muy delgada. A Moy le resultaba placentero acostarse con Daisy, de modo que no llegó a creer jamás que su comportamiento fuera parecido al de un gigoló o que el provecho económico que sacaba de hacerlo estuviese manchado por la deslealtad. Apiadada de las desgracias que él contaba, Daisy le ofreció enseguida que se instalara en su casa y le ayudó a organizar su vida. Le dio alguna ropa de su marido muerto –de tallas grandes y de colores poco discretos– y le prestó los cinco mil dólares que él le pidió con el pretexto de pagar una deuda antigua.

–¿Crees en Dios? –le preguntó uno de los primeros días al terminar de cenar–. En el Dios verdadero, quiero decir.

Moy la miró con ternura. Esa candidez confiada la volvía quebradiza y liviana.

–¿Cuál es el Dios verdadero?

Ella se ruborizó y apartó los ojos. Llevaba los labios pintados con un carmín brillante y destemplado que, con el piqueteo de los dedos en la boca, le manchó las mejillas.

–El Dios verdadero –repitió ella sin mirarle–. El de los hombres que no matan.

Moy había procurado desentenderse de las noticias acerca de los atentados terroristas para evitar sus propios remordimientos, pero era imposible hacerlo por completo. No leía los periódicos –salvo los anuncios clasificados– y trataba de mantenerse apartado del televisor, pero los clientes de la cafetería, los predicadores que discurseaban a voces por las calles y los grandes cartelones que había en todas partes con mensajes apocalípticos le impedían olvidarse de la tragedia de Nueva York. Sabía que el gobierno de Georges W. Bush estaba buscando a los terroristas de Al Qaeda que habían sobrevivido y que todo el país andaba a la caza de islamistas. De hombres que creían en un Dios que no era el verdadero.

–No sé si creo en Dios –respondió Moy con dulzura–, pero si creyera en alguno sería sin duda en el verdadero.

Moy no había sido capaz de evitar los recuerdos de sus compañeros de Robertson & Millyander ni de fantasear con las escenas de su muerte. Se preguntaba si habrían saltado por alguna de las ventanas, como había visto que hicieron muchos de los atrapados en el edificio, si habrían sido carbonizados por las llamas o si, al derrumbarse la torre, todavía vivos, fueron arrastrados con ella. Pensaba en Bob, que se había incorporado al equipo hacía un mes y todavía estaba deslumbrado por trabajar en el World Trade Center: cada mañana, al llegar al despacho, se pegaba a los ventanales y miraba el horizonte de rascacielos mientras se bebía su vaso de café. Aún no había cumplido los treinta años y soñaba con subir aún más alto. Quizás él había visto llegar los aviones. Moy se acordaba también de Nancy, su secretaria, con la que había compartido apuros y trajines durante siete años. Y de Martin, a quien acababan de detectarle una enfermedad que ya nunca se curaría.

Pero por encima de los recuerdos de otros y de las figuraciones fantasmagóricas con que inventaba su muerte, lo que a Moy le atormentaba era imaginar cómo se habría comportado él mismo si hubiese estado como cada mañana dentro del edificio, en su despacho de la planta noventa y seis de la Torre Norte. Trataba de concebir el horror de esa representación como si fuera una penitencia. ¿Se habría puesto a llorar con convulsiones histéricas como hizo cuando se quedó encerrado, de niño, dentro de un ascensor? ¿Habría intentado huir sin dignidad, empujando a los débiles para pasar por encima de ellos? ¿Habría experimentado pánico o serenidad al pre-

69

sentir la muerte? En el fondo –se decía a sí mismo burlonamente– ninguna de las aventuras fascinantes que había vivido Albert Fergus o que esperaba vivir él a partir de ese momento era comparable en grandeza, en hondura y en ejemplaridad a esa de permanecer atrapado en un edificio que ha sido partido por el tajo de un avión y sentir de un modo implacable, brutalmente, el pulso menguante del tiempo y la fragilidad de las cosas más cercanas. ¿Qué tipo de sentimientos caben en el corazón de un hombre que ha saltado al vacío desde lo alto de un edificio de cien plantas? ¿Qué piensa durante los diez segundos que tarda en estrellarse contra el suelo? ¿Qué piensa en el último segundo, cuando ya ve el trazo de su sombra en el pavimento? ¿Recuerda a alguien, imagina la muerte o, como ocurre en las alucinaciones, ve espirales de colores y hélices dando vueltas en el iris de sus ojos? Nadie puede saberlo. Es una experiencia que no puede ser contada.

Brandon Moy vivió con Daisy cinco meses, pero durante ese tiempo le fue infiel muchas veces. De repente descubrió que, si estaba alerta y dispuesto a seguir las normas del cortejo sexual, era muy fácil llevarse a la cama a una mujer. Él era un hombre atractivo, de cuerpo atlético, con los ojos claros y una sonrisa resplandeciente que incluso cuando tenía un tinte melancólico le encendía el rostro. Algunas de las clientas de la cafetería –sobre todo las que iban solas– se le quedaban mirando con curiosidad y pedían otra consumición para alargar el tiempo. Moy aprendió enseguida a distinguir sus gestos y a interpretar sus intenciones. Si una de aquellas mujeres le gustaba, él le devolvía las miradas con disimulo, para que no creyera que era atrevido o libertino. La atendía con mayor diligencia y se esmeraba en el servicio. Siempre dejaba que fuera ella quien iniciase la conversación. Luego todo era sencillo: Moy sabía que a partir de un determinado instante la procacidad era provechosa, pues avivaba el juego y apresuraba el deseo. Se daban una cita, buscaban un lugar donde ir y se acostaban juntos. Moy, que siempre había sido muy melindroso en los asuntos carnales, comenzó a embriagarse poco a poco con ese remolino erótico, y al cabo de varias semanas estaba obsesionado por fornicar con todas las mujeres que le gustaban, como si quisiera recobrar de golpe el tiempo de abstinencia que había perdido durante su matrimonio. Prestaba atención a las damas maduras, como Daisy, y a las muchachas casi adolescentes. A cada edad le encontraba una singularidad venérea y un sentido estético: la carne mórbida de Daisy, que tenía los muslos estriados y los senos fláccidos, pertenecía, en su criterio, a una especie zoológica distinta de la de una chica de veinte años, y las destrezas amatorias de una y otra –la obscenidad frente a la impericia– le parecían géneros literarios diferentes sobre los que no cabía la comparación, como la novela de caballerías y la poesía lírica.

Se arrepentía de haber vivido tantos años entregado sin ansiedad a las ceremonias sexuales que Adriana y él repetían por costumbre y que, aunque eran placenteras, no le hacían ya perder la razón ni olvidar la muerte. Los orgasmos, ahora, en Boston, le aturdían: durante un instante se le borraban todos los pensamientos y sólo veía una superficie luminosa que le cegaba. Después caía extenuado sobre la cama y tardaba en recobrar la conciencia. Sentía una felicidad tan extraña que no podía pasar un día sin buscarla. Si no conocía a nadie en la cafetería, llamaba a alguna de las últimas mujeres con las que había estado, y si tampoco esa diligencia tenía éxito recurría a los anuncios clasificados del *Boston Globe,* donde siempre era fácil encontrar víctimas propicias. No podía permitirse aún acudir a prostitutas, pero alguno de los días en que se quedaba solo o insatisfecho le tentó la idea de hacerlo.

De Daisy se separó porque era incapaz de

complacerla sexualmente sin desatender esos otros deseos que le dominaban con cada vez más apremio. A veces ella iba por sorpresa a la cafetería para recogerle y le desbarataba alguna cita. En otras ocasiones, cuando Moy regresaba a casa por la noche después de haber estado con otra mujer, Daisy le provocaba con zalamerías y caricias, y él, que no tenía ya virilidad para tantos acometimientos, debía fingir algún trastorno para excusarse. Al fin, comenzó a buscar una casa a la que mudarse para no tener con Daisy las mismas obligaciones conyugales que había querido romper con Adriana. La separación no fue dramática. Ella lloró pero le hizo prometer que seguiría yendo a visitarla. Moy, que por esas fechas todavía le debía mil dólares del préstamo que le había hecho para pagar los documentos de Albert Tracy, cumplió la promesa con exceso, pues los días en que no lograba conquistar a ninguna mujer telefoneaba a Daisy y pasaba la noche con ella.

En esos primeros meses de su nueva vida, Brandon Moy sólo se consintió ese desorden irracional. En el resto de las cuestiones se esforzó para volver a tener un equilibrio conveniente: disciplinó sus horarios, se comportó con profesionalidad en la cafetería, llevó una contabilidad estricta de sus ingresos y de sus gastos, y no hizo nada, en fin, que pudiera comprometerle ni ofuscarle. Un día se encontró por azar ante el escaparate de una tienda de instrumentos musicales y, aun sabiendo que no disponía de dinero para gastar en lujos, entró a preguntar el precio de los saxofones. Quiso también en aquellas semanas inscribirse en un curso de escritura y en otro de lengua francesa, pero no pudo pagar ninguno de los dos. Las mujeres se convirtieron en el único deseo que, gratuito, podía abordar con exceso.

En un cuaderno fue apuntando sus planes para el futuro. Hizo una lista con las profesiones que le gustaban y puso en ella algunas absurdas que nunca podría desempeñar: joyero, taxista, astronauta, diseñador de jardines, fotógrafo, profesor de equitación –aunque nunca había aprendido a montar a caballo–, topógrafo, cantante, capitán de barco y sastre. También consideró la posibilidad de seguir ejerciendo como abogado, pues a pesar del hastío enojoso con que trabajaba desde hacía años en Robertson & Millyander, haciendo contratos para banqueros y agencias financieras, era consciente de que había otras tareas legales y jurídicas que se avenían mejor con su temperamento. Moy siempre había votado al Partido Demócrata y había llegado a colaborar como voluntario, pocos meses antes, en la campaña electoral de Al Gore. Le interesaban los derechos civiles, la asistencia judicial a detenidos sin recursos y las labores de auxilio social, en las que sabía que participaban organizaciones de activistas muy necesitadas de abogados experimentados.

En el mismo cuaderno, que aún conservaba cuando yo le conocí, hizo también una lista de ensoñaciones y desafíos: además de aprender francés y volver a tocar el saxofón, deseaba montar en un globo aerostático, hacer submarinismo, estudiar antropología, viajar a Europa, asistir a una corrida de toros, participar en carreras automovilísticas, tener una relación homosexual, tomar drogas alucinógenas, navegar por alta mar, recibir lecciones de piano, practicar esgrima y aprender a bailar el tango, la samba y el foxtrot, como quería Daisy. Con la excepción de dos de ellos –la antropología, que sólo cultivó con la lectura desordenada de algunos libros, y la esgrima–, cumplió todos sus propósitos. No encontró al hacerlo, sin embargo, la satisfacción que había esperado.

No puso la literatura ni en la lista de profesiones a las que querría dedicarse ni en la de ensoñaciones que deseaba realizar, pero le dedicó también, con desorden, las páginas del cuaderno, apuntando una serie de libros que debía leer y garabateando allí mismo algunas pequeñas notas argumentales de narraciones que tenía el propósito de escribir. Desde los tiempos de la universidad, cuando compuso con Fergus un conjunto de cuentos de ciencia ficción que exploraban ingenuamente la vida extraterrestre, los mecanismos de la evolución humana y el desarrollo tecnológico, recreándose –él más que Fergus– en la descripción de máquinas fabulosas y de vehículos espaciales con capacidades casi mágicas, Moy no había vuelto a escribir otra cosa que no fueran informes jurídicos y contratos financieros. A pesar de que era una actividad de la que disfrutaba mucho, nunca después la había echado de menos con demasiada añoranza, a diferencia de otras pasiones más encendidas como la del saxofón o la del montañismo. En aquellos días de Boston, sin embargo, sintió la necesidad de emborronar el cuaderno con ideas deslavazadas y con reflexiones íntimas que le permitían desahogarse. Aquello que no podía contarle a nadie –que amaba a una mujer a la que había abandonado, que sentía una terrible culpa por la infelicidad imaginaria de su hijo, que la vida era un torbellino sin escapatoria– lo escribía en el cuaderno. Llegó a concebir varias historias e inició la redacción de algunos relatos. Nunca había sentido interés por la poesía ni tenía cultura lírica. Nunca había escrito versos. No era predecible, por lo tanto, que llegara a componer uno de los poemarios más originales y relumbrantes de principios del siglo XXI y que se convirtiera él mismo en un autor de culto. Como la mayor parte de los sucesos trascendentales de la vida, como su huida de Nueva York, ocurrió por azar.

Un día conoció en Quincy Market a una chica australiana que estaba estudiando literatura en la Universidad de Harvard. La acompañó al apartamento de estudiantes que compartía con otras dos alumnas y se acostó con ella. Después se quedaron hablando en la cama, desnudos, y la chica le explicó, con apasionamiento, cuáles eran sus autores preferidos. De alguno de ellos Moy nunca había oído hablar o tenía noticias muy vagas. La chica, que sin duda sentía hacia él ese tipo de admiración existencial que los hombres maduros despiertan a cierta edad, vio la ocasión de acrecerse ante él y, con gesto escandalizado por la ignorancia de Moy, se levantó de la cama, rebuscó entre las pilas de libros que había amontonados sobre el suelo de la habitación y le regaló un volumen bilingüe de la poesía de Rainer Maria Rilke, de quien Moy no sabía absolutamente nada. Él, halagado y divertido por ese adiestramiento literario imprevisto, lo hojeó delante de ella y luego se entretuvo de nuevo en la conversación. Más tarde, cuando se fue del apartamento, se lo llevó por cortesía. No tenía un propósito muy decidido de leerlo, pero al llegar a casa se sentó en un sillón con curiosidad, lo abrió por una de las primeras páginas y comenzó a leerlo con más entusiasmo del que había imaginado.

Comenzó así una serie de encuentros en los que a la procacidad seguía siempre la poesía. La muchacha australiana le enseñó a leer a Kokoschka, a D'Annunzio, a Henri Michaux o a Sylvia Plath, cuyos nombres eran para él, hasta ese momento, auténticas incógnitas. De ese modo se fue creando poco a poco entre ellos una ligadura o una fraternidad, y un día, taciturno, apesadumbrado por esos vaivenes del ánimo que no acababa de dominar, Moy se atrevió a contarle su historia. Durante dos horas, ella le escuchó con atención. Luego se levantó de la cama, volvió a hurgar entre los libros desordenados, y le dio un volumen pequeño de Constantin Cavafis abierto por una página. Moy, todavía desnudo, tumbado a oscuras en la cama de la australiana, leyó en voz baja el poema «La ciudad», que, como si hubiera sido escrito para él casi un siglo antes, le descuartizó el corazón y le hizo llorar hasta que la pena le dejó rendido:

Dices: «Iré a otras tierras, a otros mares.
Buscaré una ciudad mejor que ésta
en la que mis afanes no se cumplieron nunca,
frío sepulcro de mi sentimiento.
¿Hasta cuándo errará mi alma en este laberinto?
Mire hacia donde mire, sólo veo
la negra ruina de mi vida,
tiempo ya consumido que aquí desperdicié.»

No existen para ti otras tierras, otros mares.
Esta ciudad irá donde tú vayas.
Recorrerás las mismas calles siempre. En el mismo
arrabal te harás viejo. Irás encaneciendo
en idéntica casa.
Nunca abandonarás esta ciudad. Ya para ti no hay otra,
ni barcos ni caminos que te libren de ella.
Porque no sólo aquí perdiste tú la vida:
en todo el mundo la desbarataste.

Hasta ese instante, Brandon Moy había considerado tal vez que las novelas y la poesía eran ante todo un entretenimiento culto, un pasatiempo sofisticado y distinguido, pero aquel día, al ver la entraña de su biografía escrita en diecisiete versos por un griego que había muerto mucho antes de que él naciera, se dio cuenta de que había en la literatura una sustancia viscosa y oscura que servía de osamenta para vivir. Sintió miedo por la profecía, como si en lugar de haber leído un poema hubiera escuchado voces en una sesión de espiritismo o hubiese presenciado la aparición de un espectro en mitad de la noche. Sintió que quizá todo lo que estaba allí augurado llegaría a ocurrir y que entonces él tendría que arrepentirse de haber abandonado en vano a Adriana y a Brent. Esa sensación de espanto, que nunca había tenido al leer algo, le aprisionó. Al día siguiente, en su casa, al despertarse, siguió leyendo los poemas del libro, tan embebecidamente que por primera vez llegó tarde a la cafetería. Al salir del trabajo, telefoneó a la chica australiana y quedó de nuevo con ella para hablar de literatura. Después de Daisy, esa chica fue la mujer con la que mantuvo en Boston un trato más prolongado. A ella le fascinaba tener un amante maduro y experimentado, y él tomaba lecciones de poesía entre coito y coito y le pedía prestados libros que leía con fervor casi erótico. No encontró en ellos ningún otro presagio, pero fue aprendiendo a descifrar laberintos. Aún tardó en comenzar a escribir él mismo versos, y cuando lo hizo descubrió, desalentado, que las sinuosidades de sus palabras le aliviaban menos que las que, escritas por otros, se afanaba en leer.

Su libro de poemas, titulado *La ciudad,* como los versos de Cavafis, fue traducido al castellano por una editorial mexicana en 2008. Ésa es la versión que yo leí, puesto que mi dominio del inglés es deficiente; y aunque no tengo demasiado criterio poético, comprendí a través de sus páginas la desolación que Moy había sentido en su viaje desde Nueva York hasta el fin del mundo y, al mismo tiempo, la alegría que había en esa desolación. Para conocer el fondo verdadero de sus pensamientos, me resultó más útil la lectura minuciosa de sus poemas –como me ha ocurrido otras veces con algunos amigos escritores– que las conversaciones confesionales que tuvimos. La amistad y el alcohol afilan la sinceridad, pero la escritura llega más allá: a los subterráneos de lo que uno mismo conoce y puede contar.

Las andanzas sentimentales de Brandon Moy fueron las que guiaron su vida durante algún tiempo. De entre todas las mujeres que conoció en aquellos meses, la más importante para su porvenir fue Laureen, que estaba casada con un diplomático italiano bastante añoso e influyente. Fue ella quien, como un Pigmalión, completando la tarea que había iniciado la estudiante australiana, le educó en algunas disciplinas artísticas y le introdujo en los ambientes cultivados de la ciudad. Le presentó a pintores, a músicos y a escritores, y más tarde, cuando Moy ya se había marchado de Boston, le puso en contacto con

Richard Palfrey, el editor de Los Ángeles que publicó su libro de poemas. Con esa mujer, a la que siempre mostró devoción, volvió a encontrarse años después en Europa. La visitó en Roma, donde vivía retirada con su marido diplomático, y recorrió junto a ella algunas ciudades de Italia.

Cuando ya había abandonado a Daisy y vivía solo en un cuarto alquilado de una casa de Back Bay, Moy conoció gracias a uno de los anuncios del *Boston Globe* a una mujer adinerada que también se encaprichó de él y que comenzó a lucirle en reuniones de sociedad, en actos benéficos a los que asistía y en comités políticos del Partido Republicano. Esa mujer, que acababa de atravesar una depresión por la muerte de su único hijo y tomaba cada día media taza de pastillas analgésicas, hipnóticas y sedantes para equilibrar su ánimo, le acogió en su casa, igual que Daisy, y le ofreció un trabajo de asistente personal. Moy, que había comprendido enseguida que una de las grandes ventajas de su nueva situación era la de poder inventar el pasado a conveniencia, adornándolo con logros fabulosos o acomodándolo a las circunstancias que en cada momento fueran precisas, le había contado una historia rocambolesca en la que había también muertes, traiciones, desaires amorosos y conspiraciones empresariales. Según ese relato, Moy habría sido durante dos años secretario personal del presidente de una compañía de telecomunicaciones muy importante cuyo nombre no confesaba para preservar la discreción. Llevaba sus cuentas privadas, administraba sociedades opacas en paraísos fiscales y atendía en general todos aquellos asuntos que exigieran algún tipo de asesoría legal reservada. Al cabo de un tiempo se había amancebado con la mujer de su jefe, que coqueteaba con él desvergonzadamente. Se veían a escondidas en hoteles o en la casa cuando el marido estaba de viaje. En una de esas ocasiones él se dejó un pañuelo en el dormitorio y su jefe descubrió el adulterio. Había tenido que huir de estampida de la ciudad, sin equipaje, pero se había llevado unos documentos comprometedores que le protegían de las iras del marido celoso. Durante unos meses había confiado en que su amante se reuniera con él en Boston, pero pronto se había dado cuenta de que no la amaba verdaderamente. Estaba trabajando como camarero en una cafetería mientras conseguía rehacer su vida.

Las historias folletinescas con las que Brandon Moy se presentaba ante las personas que iba conociendo después de su huida de Nueva York, como esta del empresario corrupto y celoso, que parecía sacada de un guión cinematográfico mediocre, le permitieron vivir correrías arriesgadas y

83

excitantes sin el peligro de pasar por ellas. Como hacen a menudo los escritores para cumplir fantasías que no tienen a su alcance, Moy recreaba en su imaginación aquellos hechos extraordinarios que le atraían. Les contaba a los demás sucesos asombrosos y llegaba a creer él mismo, de ese modo, que su existencia era menos anodina que en el pasado.

Las tareas que le encomendó aquella mujer adinerada consistían en acompañarla a las celebraciones sociales, redactarle cartas manuscritas, asistirla cuando iba de compras y calentarle la cama por las noches. Durante un tiempo, Moy le guardó fidelidad, pero no porque lo deseara, sino porque era imposible esconderse de su vigilancia. La seducción se convirtió para él, de esta forma, no solamente en un desafío sexual, sino también en una prueba de astucia, pues le parecía incitante y placentero encontrar modos audaces de burlar el acecho de la mujer. Si un día, en el transcurso de una velada, una dama fea y repulsiva le miraba con lascivia, Moy, que jamás habría tenido interés por ella en otras circunstancias, sentía frustración por no poder acercarse a conquistarla. Poco a poco, sin embargo, fue creando estratagemas y artificios para hacerlo. Se acostó con una amiga de la mujer un día en que ésta le envió a la casa de ella para devolverle en mano una polvera que le había prestado la noche anterior. En uno de los hoteles a los que fueron en sus excursiones de fin de semana, aprovechó el sueño de ella, profundo, para irse a la habitación de una empleada con la que había coqueteado durante la cena. Y se empeñó en ser él quien sacara a pasear por las noches al perro podenco de la mujer para poder mantener en los alrededores algún amorío fugaz.

En aquellos días tuvo una tentación que acabó cumpliendo. Como la mujer era muy rica y él tenía acceso a sus cuentas secretas, difíciles de rastrear, planeó hacer un desfalco y huir después con el dinero a México, siguiendo los pasos remotos de Albert Fergus. Le atraía más –según su testimonio, que puede no ser sincero– el riesgo del delito que la fortuna que fuese capaz de reunir. Pero le asustó que al ser atrapado por la policía federal pudiera identificarse su antigua vida y se le desenmascarase ante su esposa y su hijo, lo que era para él, a esas alturas de su peripecia, la imagen misma del infierno. Decidió por tanto ser prudente y sustraer sólo cantidades pequeñas que amenguaran el peligro. Empleó todos los conocimientos de los que durante años había ido haciendo acopio en Robertson & Millyander, y a pesar de esa contención juiciosa logró reunir en pocos meses treinta y cinco mil dólares, con los que, según sus cálculos, tendría para vivir durante un año en México desahogadamente, dedicado a la literatura, al submarinismo y al aprendizaje –paradójico– de la lucha libre y los bailes de salón.

En ocasiones, cuando paseaba por el centro de Boston, le gustaba acercarse a la cafetería en la que había trabajado para beber algo y saludar a sus compañeros. Fue allí donde se enteró de la historia de Feliciano Jaramillo, el hermano de la colombiana que habían contratado para reemplazarle a él. Jaramillo llevaba cinco años en Estados Unidos. Había cruzado la frontera clandestinamente, después de recorrer Centroamérica oculto en camiones de mercancías, y había tenido varios empleos ilegales antes de llegar a Boston. A pesar de lo que había costado el pasaje aéreo que le despachó a su hermana para que volara hasta allí y de las remesas de dinero que había ido enviando cada mes a su familia en Taganga, un pueblecito pesquero del Caribe, Jaramillo había conseguido ahorrar una pequeña cantidad con la que esperaba poder pagar algún día el alquiler de un negocio. La ocasión se la ofreció anticipadamente el intendente de los apartamentos donde vivía, quien le habló de una cooperativa de inmigrantes que estaban intentando reunir suficiente dinero para arrendar y reformar un motel a las afueras de la ciudad. Buscaban socios que, además de aportar el capital, estuvieran dispuestos a trabajar luego en la faena. Jaramillo, contento por su buena suerte, fue a ver el motel, desenterró los fajos de billetes y se los entregó confiado al intendente, quien le dio a cambio un documento firmado por el supuesto presidente de la cooperativa. Fueron pasando las semanas, y cuando Jaramillo reclamaba noticias sobre el negocio, el intendente le aseguraba que aún no se había completado el capital y que no era posible por lo tanto cerrar el arrendamiento. A los tres meses, receloso, Jaramillo pidió ver al presidente de la cooperativa. El intendente le llevó ante un hombre desastrado y medio borracho que le dio explicaciones incoherentes y le prometió que en menos de sesenta días podría estar trabajando en el motel. Transcurrió ese tiempo sin ningún progreso, y Jaramillo, atormentado por las sospechas, se presentó en la oficina del intendente para reclamar la devolución de su dinero. Hubo una disputa violenta. El intendente le dijo que él sólo era un intermediario desinteresado y que no podía darle cuentas de su inversión. Le invitó a acudir a la policía con el documento para reclamar justicia. Y luego, cuando Jaramillo se puso a gritar colérico y rompió uno de los objetos de su escritorio, le echó de la oficina y le

dio un plazo de cuarenta y ocho horas para de-
salojar la habitación en la que vivía. Jaramillo,
que no tenía papeles de residencia en Estados
Unidos y no podía por lo tanto apelar a la ley, se
vio de repente en la ruina y expulsado de su casa.
Las adversidades, sin embargo, no acabaron ahí,
pues al cabo de pocos días la policía de inmigra-
ción fue a buscarle al taller donde trabajaba y le
detuvo. Estaba en prisión a la espera de ser de-
portado.

Angelita, la hermana, le contó a Moy la historia sin dejar de llorar. Le enseñó el documento,
que no tenía ningún valor, y le acompañó al día
siguiente hasta el motel, donde comprobaron que
el negocio nunca había estado en venta y que la
operación de la cooperativa había sido en consecuencia una simple estafa. Moy, compadecido de
Angelita y de las desventuras de Feliciano, vio por
primera vez la oportunidad de hacer algo memo-
rable con su nueva vida. Le explicó a la muchacha
que era abogado y que le gustaría intentar defen-
der a su hermano para que, aunque no recuperase
el dinero, evitara la deportación. Angelita, que
tenía veintidós años, se rindió a su bondad y se
enamoró de él. Él, sorprendentemente, también
se enamoró de ella. Fue la primera gran pasión en
la vida de Albert Tracy.

Cuando comenzó a reunirse en la cárcel con

Feliciano Jaramillo y a estudiar su caso, Moy, candoroso, cayó en la cuenta de los yugos sociales que determinan el destino de una persona. Un año antes, en septiembre de 2001, él no tenía absolutamente nada. Un traje, unos zapatos y cuatrocientos dólares. Pocos meses después ya había acumulado un pequeño capital –aunque fuera robando a alguien que tenía más que él–, vestía ropa cara, iba a cenar a restaurantes de moda y tenía acceso a algunos de los salones más distinguidos de Boston. Jaramillo, en cambio, nunca llegaría a tener nada parecido. Si recomenzara cien veces su vida, fracasaría otras cien. Tal vez alcanzara cierto bienestar –una casa cómoda, un plato de comida caliente cada día, una esposa complaciente–, pero no sería capaz de atravesar jamás la línea de la prosperidad. Tenía la piel oscura y los rasgos de indio. Sabía leer, pero no comprendía casi nunca las palabras que leía. Y trataba a la gente con un respeto que no era de cortesía sino de servilismo.

Ese descubrimiento de las malandanzas del mundo transformó la conciencia de Moy. Se convirtió en un idealista romántico que imaginaba la pobreza como una especie de salvación espiritual que había que preservar. En el proceso de defensa de Jaramillo, mientras recababa datos y hacía averiguaciones acerca de los sistemas de asistencia jurídica y de protección legal a las clases sociales más humildes, comenzó a crearse en él una moralidad revolucionaria. De repente tuvo conocimiento de las brutalidades que se ejercían con impunidad sobre los que estaban desamparados y recorrió los sótanos oscuros en los que se impartía la justicia. Como Saulo en Damasco, sintió estupor por los males de la humanidad, tan cercanos, y decidió dedicar su vida a socorrer a los demás.

–Don Quijote se marchó de su aldea para proteger a los débiles y enderezar las torceduras del mundo –le dije en una ocasión–. Se marchó para correr aventuras y tener una vida que fuera admirable.

En aquella época de mudanza ideológica, que fue huidiza, Moy llegó a pensar que los atentados de Al Qaeda en los que él mismo había estado a punto de morir podían ser excusados por los agravios y la iniquidad que habían sufrido algunos países musulmanes del Tercer Mundo durante décadas. ¿No habría sido un modo de justicia que Jaramillo hubiera mandado colocar una bomba en las oficinas del intendente o en alguno de los edificios de apartamentos que administraba? ¿No era la violencia lo único que les quedaba a los miserables y a los desharrapados? Tal vez Bin Laden era, como don Quijote, un justiciero loco que trataba de remediar las discriminaciones arrojando sus lanzas contra los molinos de viento más altos.

Feliciano Jaramillo, después de una vista y dos apelaciones, fue expulsado del país sin ninguna reparación. Angelita, asustada, decidió regresar a Colombia con él. Moy les siguió. A ella, por amor; a él, por solidaridad. Se instalaron en Bogotá y, con los ahorros robados a la viuda, abrieron una pequeña oficina de asesoramiento legal. En los primeros meses, Moy pasaba casi todo el tiempo estudiando las leyes colombianas y el idioma. Luego comenzó a asistir a pleitos y a redactar documentos –demandas, intimaciones y exhortos– para aquellos trabajadores y campesinos que habían sufrido algún abuso y acudían en busca de socorro. Aquellos tiempos fueron formidables para él. Tenía el convencimiento de estar haciendo algo provechoso para los demás, sentía de nuevo la emoción juvenil de amar a alguien y había empezado a cumplir esos sueños portentosos que revivió en Nueva York al encontrarse con Albert Fergus: residía en un país diferente, estaba aprendiendo una lengua nueva, se había comprado un coche con el que recorría a velocidades peligrosas las carreteras mal asfaltadas de los alrededores de la ciudad, bebía chicha cada noche en una taberna de La Candelaria a la que iba con Jaramillo y con algunos de sus protegidos, e incluso había llegado a considerar la posibilidad de tener un hijo con Angelita.

Se acordaba ya sólo vagamente de las calles de Manhattan y del olor a comida –carne, café, pastelillos, mostaza– que había siempre en ellas, pero no pasaba un día sin que recordara con dolor a su hijo Brent y a Adriana. Moy aseguró siempre que nunca había dejado de amar a su esposa, ni siquiera en las épocas en que había estado enamorado de Angelita, primero, y más tarde de Alicia, la chica a la que vino siguiendo a España. Antes al contrario, ofrecía su experiencia sentimental como prueba de que el amor verdadero, el que se sujeta con los contrafuertes que la vida ha ido levantando, es algo ontológicamente distinto a la pasión exaltada. Él podía estar enamorado de Angelita y seguir amando a Adriana del mismo modo que bebía chicha en la taberna de La Candelaria, con placer, y en casa, cuando se quedaba leyendo de madrugada, se servía un whisky.

Aunque aún pasaron muchos años antes de que la historia de Brandon Moy se resolviera, fue en Bogotá donde comenzó el desengaño. Él supo desde el primer instante que el amor de Angelita sería frágil y perecedero: tenía veinte años más que ella y formaban parte de naturalezas distintas, de mundos antagónicos en los que no era posible encontrar otras ligaduras duraderas que las de la sexualidad. Lo que Moy no había imaginado es que a través de Angelita se daría cuenta de su propio extrañamiento, de la descomposición que se había ido obrando en su vida.

Un día, cuando llevaban dos meses en Bogotá, hicieron una excursión a la laguna de Guatavita, donde, según la leyenda, se encuentra el oro de El Dorado. Dejaron el coche al final de la carretera y luego caminaron por el sendero hasta el filo de la cumbre, desde donde se podían contemplar las laderas arboladas del cráter y el tajo colosal que hicieron en una de ellas los conquistadores españoles para drenar el agua y dejar al descubierto los fabulosos tesoros. El paisaje era tan hermoso que Moy sintió una especie de espiritualidad animal y quiso desnudar a Angelita entre la vegetación, pero cuando estaba a punto de hacerlo aparecieron por el sendero unos muchachos que descendían de la cima cantando. Angelita se los quedó mirando con sonrojo y luego, de repente, comenzó a gritarles alborozada y fue hacia ellos mientras terminaba de abrocharse los botones que Moy había intentado soltar.

Eran dos chicos y tres chicas de la misma edad que Angelita a los que ella conocía de Santa Marta, la ciudad del Caribe en la que había estado trabajando antes de marcharse detrás de Feliciano a Boston. Dos de ellos, Felipe y Rosalinda, se habían casado y vivían ahora en Bogotá. Los otros compañeros habían venido a visitarles durante unos días y estaban haciendo turismo por la región. Angelita, enardecida, les propuso que regresaran juntos a la ciudad y que cenaran todos en su casa: unos tamales, unas empanadas y unos patacones. Comprarían cerveza y vino para festejar. A Moy no le consultó el convite, pero cuando se hubo recuperado de la alegría se lo presentó a sus amigos con devoción: «Es mi noviecito americano», dijo. «Un señorón bien guapo.»

Mientras comían, esa noche, los amigos recordaron viejos tiempos y hablaron de personas que Moy no conocía. Angelita les preguntó por amigos y por familiares a los que no había vuelto a ver desde que se marchara a Estados Unidos, y ellos, locuaces, le contaron cómo iba todo en Santa Marta y qué vida y milagros habían acontecido en los últimos tiempos. Moy, en silencio, les miraba reír y rememorar antiguas anécdotas y sucesos divertidos. Estaba apartado, sentado detrás de uno de los sillones de la sala, observando como un taxónomo minucioso que desea registrarlo todo. Y poco a poco fue dándose cuenta de que Angelita, a la luz de ese júbilo inocente, era una criatura distinta, una mujer a la que él no conocía. Pero cuando terminaron la comida, ya achispados por el alcohol, uno de los muchachos, Ramiro, propuso jugar a un juego al que al parecer dedicaban sus horas de entretenimiento en Santa Marta cuando estaban juntos. Todos los demás aclamaron entusiasmados la propuesta. Angelita fue corriendo a por una baraja de cartas y buscó en la radio una emisora que transmitiera música de baile. Se sentaron en corro en torno a la mesa, obligando a Moy a participar, y repartieron los naipes. El engranaje del juego era sencillo: los dos jugadores que sumaban menos puntos en la partida tenían que bailar juntos la canción que estuviera sonando en ese momento en la radio. Los demás les examinaban y, después de deliberar, decidían quién lo había hecho peor. El elegido debía quitarse una prenda. Luego, de nuevo, se repartían cartas.

Moy no tuvo mala fortuna. Le tocó bailar con una de las muchachas, con Ramiro y con Angelita. Sólo le suspendieron en una ocasión y hubo de quitarse un zapato. Angelita corrió peor suerte y acabó la velada en paños menores, como Felipe, que fue el perdedor.

Al verlos reír satisfechos por aquel juego travieso, con una hilaridad adolescente y alocada, Moy sintió de golpe el peso de los años, la gravidez que poco a poco había ido cargando la edad para apartarle de todo. Miraba hipnotizado la boca de Angelita, sus carcajadas desmedidas, sus muecas de niña inconsciente que cree aún en la levedad de las cosas. Esa noche tuvo la corazonada de que era ya tarde para intentar vivir las aventuras que había dejado pasar en su juventud. Comenzó a pensar que sentía nostalgia de algo que no podría recobrarse. Y lo que era más extraño e incomprensible: que no resultaba doloroso haber perdido la vida de esa forma.

Desde aquel día no dejó de observar a Angelita con una lente coloreada por esa idea. Su impetuosidad, su enardecimiento y su euforia le parecían cada vez más grotescos. La miraba a veces con piedad, como se mira siempre a los jóvenes que creen en prodigios imposibles y en utopías que no podrán cumplirse. Incluso en los gestos carnales de su amor, que eran vehementes y efusivos, encontraba Moy ya el fastidio de lo irreal, la grandilocuencia escénica de lo que no dura. Algunos días le venía el hastío. Le gustaba salir a pasear por Bogotá, subir a pie hasta el cerro de Monserrate y quedarse allí contemplando la vista grisácea de la ciudad, el emplomado del cielo que la cubría hasta el horizonte. Se acordaba a menudo de los versos de Cavafis: «No existen para ti otras tierras, otros mares. Esta ciudad irá donde tú vayas.» El paisaje que se veía desde el cerro, de casas bajas con algunos rascacielos ano-

96

dinos y deformes, no se parecía en nada al de Nueva York. El clima era completamente distinto: allí no llegaban el frío y el calor ardientes, el aire se estancaba como en un pantano de arenas movedizas. Había otros olores: guisos más fuertes, boscaje, madera húmeda, basura. Moy tenía la certeza, cuando contemplaba desde aquella altura los tejados de Bogotá, sosegado, adormecido a veces, de que a pesar de lo que dijera Cavafis existían otras tierras y otros mares y de que la vida, tan extrañamente corta, sólo podía ser provechosa si se empleaba en descubrirlos.

Moy pasó varios años haciendo esa refutación de sus propios instintos: creyendo que había un paraíso perdido que debía buscar –el de Albert Fergus, el de su juventud– y presintiendo que era ya tarde para hacerlo. Se esforzaba en comportarse como Angelita, en cerrar los ojos y reír ante cualquier cosa, en remover los desengaños que iba sufriendo, pero en ocasiones no encontraba el modo de escapar de sí mismo. Entonces se iba al cerro de Monserrate o, si era de noche, se echaba a caminar por alguno de los barrios bulliciosos. Uno de esos días, al salir de un bar en Chapinero en el que había estado bebiendo más de lo que acostumbraba, se cruzó con un hombre que se le quedó mirando y le hizo una señal obscena con los labios. Moy se detuvo, se volvió hacia él y sintió el deseo de pegarle, pero permaneció quieto. El hombre le sonrió y le dio un cigarrillo. «¿Quieres venir?», preguntó. Era un poco más joven que él y tenía un tatuaje en el cuello. Moy, mareado por la ebriedad, pensó absurdamente que aquel individuo con cara de rufián, cetrino, era el mensajero que enviaba la Providencia para permitirle cumplir sus caprichos. Sin decir nada, movió la cabeza para asentir y comenzó a caminar detrás del hombre. Llevaba el cigarrillo en la mano, sin encender. Salieron de la avenida en la que se habían cruzado y callejearon durante un buen rato. El hombre, que iba delante guiando, se daba la vuelta de vez en cuando para comprobar que Moy le seguía aún. Por fin llegaron a un edificio despintado y fusco. Subieron a pie hasta la tercera planta y entraron en el apartamento del hombre. Estaba limpio y ordenado. Había cortinas en las ventanas y dos cuadros abstractos colgados en las paredes. El hombre encendió una lamparita de luz lánguida y buscó algo en el cajón de un mueble. Le ofreció a Moy una pastilla: «Con esto estarás mucho mejor», dijo. «¿Qué es?», preguntó Moy, pero antes de que el hombre tuviera tiempo de responder se la quitó de los dedos y se la metió en la boca. «¿Eres extranjero?», preguntó el hombre con sorpresa. «Dame whisky», pidió Moy. El hombre le dio un vaso de agua: «Con esto es mejor», dijo. Y mientras Moy bebía, se arrodilló ante él y le abrió la bragueta. A pesar de su embriaguez, tuvo una erección inmediata. Enseguida empezó a confundir los efectos de la felación con los de la droga que acababa de tomar. Sintió un placer raro que lentamente se fue transformando en repugnancia, pero no se apartó, sino que siguió obedeciendo las indicaciones hediondas que le hacían: ensalivó el ano abierto del hombre y le penetró a horcajadas, con ferocidad. Al mismo tiempo que la exacerbación sexual le mareaba, notó en el estómago una náusea. Levantó las manos con remilgos para no tocar al hombre, y cuando, después de eyacular, sacó el pene y lo vio sucio, amarronado, buscó apresuradamente el cuarto de baño para vomitar. Luego se lavó violentamente, como si estuviera tratando de arrancar la piel, y se fue de la casa sin decir nada.

Su primera sensación, al salir a la calle, fue de alegría: había participado en un acto lleno de alucinaciones y estremecimientos. Daba igual que de él quedara felicidad o asco: tenía el brío de las apoteosis, la intensidad de los hechos colosales. Ese tipo de lances eran los que él le envidiaba a Albert Fergus y a todos aquellos que según sus suposiciones se habían atrevido a encarar la existencia con valentía. El protagonista de mi novela *La mujer de sombra,* que sólo tiene algunos rasgos imprecisos del alma de Brandon Moy, repite en un determinado episodio algo que él me dijo un día: «Sólo merece la pena vivir si se hace con exageración.» Aquel suceso del barrio de Chapinero fue exactamente eso: la sustancia misma de la exageración que Moy necesitaba para seguir creyendo que había obrado bien al marcharse de Nueva York.

Moy habría terminado por irse de Bogotá tarde o temprano, pues desde hacía tiempo no encontraba allí nada insólito o excitante, y el amor de Angelita, a la que ahora miraba aprensivamente, como si fuera una niña de la que debía cuidar en lugar de una mujer con la que compartía la cama, no le bastaba ya para amarrarse a la ciudad. Pero hubo otro desengaño doloroso que precipitó los acontecimientos: descubrió que Feliciano Jaramillo llevaba a su oficina a individuos que, fingiendo desamparo y denunciando abusos que nunca habían existido, trataban de aprovechar su asesoramiento legal y sus destrezas jurídicas para obtener un beneficio injusto. Jaramillo había ideado un sistema oculto de captación de clientes que consistía en ofrecer a ciertos jornaleros la posibilidad de obtener una indemnización sustanciosa de sus patronos si los denunciaban con acusaciones inventadas. Ellos acusaban, Moy preparaba los argumentos judiciales, Jaramillo ofrecía a los patronos un acuerdo a cambio de detener el proceso, los patronos pagaban para evitar la mala reputación y el dinero, por fin, se repartía a espaldas de Moy entre los jornaleros perjuros y el propio Jaramillo, que exigía su comisión por el enredo. Cuando algún patrón se negaba a pagar el arreglo, orgulloso, la denuncia era retirada antes del juicio para impedir que en los tribunales se pudiera descubrir la trampa. Ésa fue la razón de las sospechas de Moy: había demasiados asuntos que se interrumpían injustificadamente, demasiados arrepentimientos; y todos, además, en casos de trazo muy semejante. Receloso, Moy fue a ver a un empresario de la industria alimentaria que había sido acusado por uno de sus obreros de hacerle trabajar en régimen de esclavitud. El empresario negó las acusaciones y le presentó documentación que probaba su honradez. Moy desconfió de él, pero un mes después fue a visitar al dueño de una fábrica textil que, en las mismas circunstancias, proclamó su inocencia y explicó las intimidaciones de las que había sido objeto. La tercera entrevista tuvo lugar con el director de un hotel. Luego Moy, escarmentado, comenzó a investigar siguiendo los pasos de Jaramillo y lo descubrió todo.

Su amor por los descamisados del mundo sufrió de repente una metamorfosis radical. Se desvaneció. Los soldados justicieros de Al Qaeda se convirtieron en forajidos asesinos. El Che Guevara, los guerrilleros colombianos de las FARC y los indígenas de Chiapas, por cuyas causas había sentido simpatía, se transfiguraron en simples malhechores, en bandoleros que robaban a los demás lo que no eran capaces de ganar por sí mismos. Abominó de todos los ideales románticos que le habían cautivado desde que abandonara Estados Unidos e incluso de algunos otros –menos caballerescos– que había defendido durante toda su vida. Hizo su equipaje en pocas horas y, después de denunciar a Jaramillo y de escribirle a Angelita una carta sentimental de despedida, se fue de Bogotá.

A partir de ese momento sobrevino la época más oscura y perturbada de Brandon Moy. Hablaba a menudo de ella, de las aberraciones y los excesos que cometió, pero lo hacía siempre con un detalle grueso, sin entrar en pormenores realistas ni detenerse en cronologías o descripciones. Nunca llegué a averiguar, por ejemplo, cuál fue su maquinaria financiera en esos años, de dónde obtuvo los ingresos para subsistir, pues aunque al parecer vivió mucho tiempo como un eremita, sin lujos ni comodidades, yendo de un lugar a otro con una pequeña maleta en la que sólo guardaba las cosas imprescindibles, no hay duda de que necesitó dinero para sus peripecias: además de los gastos de alimentación y de hospedaje, tuvo que pagar el combustible del coche que había comprado en Colombia, en el que, atravesando carreteras mal asfaltadas a velocidades temerarias, hizo la travesía.

En Panamá tuvo al parecer una riña de la que le quedó una cicatriz de navaja. En Costa Rica se encontró con un grupo de estadounidenses jóvenes y se internó con ellos en la selva durante varios días para explorar la naturaleza. En Nicaragua estuvieron a punto de robarle el coche y en Guatemala le detuvo la policía por conducir insensatamente. Luego cruzó México de sur a norte y se instaló finalmente en las afueras de Hermosillo, donde, de la noche a la mañana, comenzó a hacer todas aquellas cosas que a lo largo de su vida había tratado de refrenar o de probar con templanza. Se volvió adicto al peyote y a sus derivados, empezó a beber sin moderación ron y absenta, y sedujo a cuatro mujeres con las que, más enmarañadamente aún que en Boston, mantuvo durante casi un año relaciones matrimoniales simultáneas. Aprendió a montar a caballo, a disparar con rifle y a tocar la marimba, un instrumento de percusión mexicano parecido al xilófono. Leyó decenas de libros y escribió esos poemas visionarios que, reunidos luego en un volumen, merecieron los elogios de los críticos de todo el mundo. Dio conciertos de saxofón en una de las cantinas de Hermosillo. Estudió español, portugués e italiano, aunque sólo llegó a hablar con soltura el primero. Participó en competiciones de submarinismo que se celebraban en el Golfo de California y se convirtió en un experto en la fauna marina de la región. Montó una pequeña empresa que se dedicaba a realizar viajes turísticos en globo aerostático por la zona. Y se hizo en la espalda, desde los omóplatos hasta la última vértebra, un tatuaje en forma de serpiente con las alas desplegadas.

–Eso fui –me dijo el día en que me lo enseñó–: una serpiente con plumaje o una gran águila con cuerpo de reptil. Un animal mitológico, un cruce de criaturas mal apareadas. Un ser que tiene dos naturalezas y no sabe cuál elegir. Eso fui –repitió–. O quizá lo soy aún.

Brandon Moy sintió durante esos años una exaltación tenebrosa. La vida, que hasta la víspera se le había presentado siempre como un trance sosegado y un poco tedioso, le parecía ahora un desmoronamiento o una estampida. Las calles de Nueva York eran ya sólo un recuerdo descolorido y tibio, uno de esos paisajes brumosos en los que todo resulta irreal. Y el rostro de Brent, en la fotografía de él que conservaba aún, le producía una emoción fría, negligente, como la que nos inspiran ciertos personajes literarios que, aunque lleguemos a amarlos, sabemos bien que no existen. Muchas noches se sentaba a mirar el cielo en el patio trasero del caserón donde vivía y trataba de comprender en qué consiste con exactitud la felicidad. Nunca llegó a averiguarlo, pero la pesquisa le sirvió para escribir algunos poemas casi teológicos de gran belleza.

Aunque él tardó en comprenderlo, el desengaño que había sufrido en Bogotá supuso el final de su huida. Todo lo que sucedió después, incluyendo su vida en Madrid, fue una consumación exuberante de lo que había imaginado que debía hacer, no de lo que en realidad deseaba. Los excesos que cometía nunca acababan de saciarle. Con cada extravío le venían ganas de comenzar uno mayor, de modo que la satisfacción se iba postergando siempre. La velocidad se convirtió en su gran pasión. Casi todos los días salía a la carretera y conducía durante horas forzando los límites del motor. A veces participaba en carreras ilegales que se celebraban en autopistas transitadas y, aunque no ganara, el riesgo físico y la cercanía de la muerte le provocaban una excitación venturosa. En esos instantes, como al eyacular dentro de una mujer, tenía un sentimiento de inmortalidad y de bienaventuranza que le amansaba. Se olvidaba de todos los fracasos. Se olvidaba de las cosas que nunca hizo.

En una de esa carreras automovilísticas tuvo un accidente que estuvo a punto de costarle la vida. Su coche se salió de la carretera, avanzó sin control campo a través y luego dio varias vueltas de campana. Quedó bocabajo en medio de la llanura. No sufrió heridas aparatosas ni sanguinolentas, pero permaneció once días en coma y los médicos llegaron a creer que no recuperaría la consciencia. Dos de sus mujeres se turnaron en el hospital para velarle y darle cuidados. Cuando despertó ocurrió algo sorprendente: no recordaba nada de su vida nueva. Aseguraba que su nombre era Brandon Moy y no entendía por qué le llamaban Albert Tracy. Era capaz de hablar con las enfermeras en español, pero no tenía memoria de Hermosillo ni reconocía a las mujeres que estaban al pie de su cama.

Poco a poco fue recobrando los recuerdos y reconstruyendo los años que había pasado fuera de Nueva York. Esa experiencia de renacimiento o de restitución, que a los individuos que han sufrido amnesia a causa de un hematoma cerebral, como él, les produce alivio, a Moy le provocó una terrible depresión. Fue como regresar a

Manhattan y ver las torres ardiendo. Se acordó de nuevo de la mujer herida a la que había llevado en brazos hasta un puesto de socorro. Se acordó de los intentos vanos que había hecho de hablar con Adriana para decirle que estaba vivo. Se acordó del instante en que había colocado el teléfono móvil sobre el cemento de la calzada y lo había pisado con saña para reventarlo. Y se acordó, en fin, de todo lo que había ido ocurriendo luego: el viaje en el camión hasta Boston, el robo del bolso, el trabajo en la cafetería, el amor de Daisy y de la dama adinerada, el cuerpo de Angelita, las vistas que se divisaban desde el cerro de Monserrate, las playas de Nicaragua y, al final del camino, el terreno desértico sobre el que el coche había rodado sin control antes de comenzar a girar en el aire. Recordaba todo eso como si le hubiese ocurrido a otro, como si fuera una fábula moral o una parábola que él no acababa de descifrar. Había llegado a recordar todas las ensoñaciones que tuvo la noche del diez de septiembre al encontrarse con Albert Fergus y pensar en su juventud. Sabía, por lo tanto, cuál había sido su razonamiento en aquel momento y qué proceso lógico había seguido para tomar las decisiones que tomó. Pero a pesar de eso no era capaz de comprender por qué había abandonado su antigua vida. Le parecía extraño, inexplicable, como esas conductas ajenas a nuestro temperamento que, cuando las observamos en los demás, no podemos entender nunca cabalmente.

Cuando terminó su convalecencia, se encerró a escribir poemas y cartas que casi siempre rompía sin echar al correo. Envió una, sin embargo, a Laureen, la mujer del diplomático italiano que había conocido en Boston, y ella le respondió. Mantuvieron una correspondencia sentimental –o más exactamente erótica– durante meses, y cuando Moy concluyó su libro se lo envió a ella, que era la única persona en cuya sensibilidad artística confiaba. Laureen, impresionada, se lo hizo llegar de inmediato a Richard Palfrey, quien enseguida se puso en contacto con Moy para ofrecerle su publicación. Moy tuvo dudas. No sabía si ese libro debía firmarlo Albert Tracy, no sabía quién de los dos lo había concebido. Al final, incitado quizá por la vanidad de convertirse en escritor, como había deseado durante tantos años, aceptó. Se mudó a Saltillo, cerca de Monterrey, y más tarde a México D.F., donde realizó diversos trabajos menestrales. Cuando con la firma de Albert Tracy se publicó por fin *La ciudad* y comenzaron a aparecer reseñas elogiosas en los medios literarios más reputados, la Universidad Nacional Autónoma le ofreció participar como profesor invitado e impartir un seminario de poesía norteamericana. Fue ésa la época en la que yo le conocí.

A causa del laberinto en el que se habían convertido su memoria y su vida, Moy se transformó en un hombre casi místico. Se dejó crecer la barba, que se le había encanecido mucho a pesar de la juventud, y cogió la costumbre de hablar en un tono de voz muy bajo, como los misioneros o los consejeros espirituales. Volvió a interesarse por los desheredados y trabajó en varios proyectos educativos asistenciales que se desarrollaban en los barrios marginales y en las villas de los suburbios. Respondió al éxito literario con huraña, pues sintió miedo de que alguien, al ver su rostro en fotografías, pudiera reconocerle. Dejó de escribir y rechazó muchos ofrecimientos para asistir a congresos y a ferias literarias. Rehusó también la mayoría de las entrevistas que le solicitaban los periódicos y las televisiones, aunque con ello sólo logró alentar su fama, pues comenzaron a comparar su misteriosa ocultación con la de Thomas Pynchon, Bruno Traven o J. D. Salinger.

Moy se transformó en un hombre sombrío y extraviado. No procuraba ya consumar esos deseos impetuosos y extravagantes que había enumerado en un cuaderno años antes. Ni siquiera se acordaba de ellos. Llevaba una vida ordenada y monótona. Leía mucho, preparaba sus clases en la universidad, visitaba las misiones educativas de los barrios, asesoraba jurídicamente a una organización no gubernamental, paseaba por la ciudad y veía películas en televisión. Había empezado a presentir, como si estuviera convirtiéndose al budismo, que la felicidad no consiste en cumplir los deseos, sino en no tenerlos. Por eso durante varios meses renunció incluso a las mujeres y tuvo un periodo de castidad. Pero la voluntad no basta para guiar el rumbo de la vida, como él mismo escribió más refinadamente en uno de sus poemas –*the facts are never enough for life*–, y al cabo del tiempo volvió a enamorarse.

Alicia era madrileña y estaba en México colaborando con un grupo indigenista de acción política. Tenía veintisiete años y creía aún en la revolución que cambiaría el mundo. Vivía con otros jóvenes en un apartamento miserable en el que no había ni cuarto de baño. Era apasionada y colérica. La primera vez que Moy la vio, estaba intentando pegar en una escuela a un vigilante de seguridad que medía treinta centímetros más que ella y que habría podido aplastarla con un solo golpe. Ese coraje inofensivo, indomable, le conmovió. Fue a protegerla y acabó enfrentándose él mismo al vigilante. Se dio cuenta entonces de que Alicia era muy guapa y de que era imposible vivir eternamente sin correr riesgos. Con la misma decepción alegre con que el abstemio vuelve a caer en la tentación de beber, Moy recobró poco a poco el compás de las cosas. Sintió de nuevo indignación y ternura. Sintió dolor, melancolía, voluptuosidad. Y sin premeditación, sin saber exactamente lo que estaba ocurriendo, comenzó a hacer planes junto a Alicia y a comprometerse con ella.

Aunque no habíamos vuelto a hablar desde el congreso de escritores de Cuernavaca en el que nos conocimos, Moy me escribió una extensa carta y me telefoneó luego para anunciarme que se venía a vivir a Madrid con Alicia. Ella era hija de un empresario de la construcción multimillonario y, aunque mostraba esa rebeldía violenta contra el poder establecido y contra las convenciones de la que Moy había sido testigo, tenía siempre el auxilio económico de su familia. Esa contradicción indecorosa volvió a Alicia más atractiva a los ojos de Moy, pues encontraba en ella, torcidamente, la misma necesidad de romper con todo que le había aguijado a él a abandonar Nueva York. Hastiada de las incomodidades mexicanas y de los trabajos filantrópicos, decidió regresar a Madrid, donde su padre le ofreció un apartamento pequeño en un barrio obrero para que pudiera conservar su orgullo. Moy, que no tenía nada que le retuviera en México y que muchas veces había soñado con conocer Europa, la siguió.

En su carta me decía que no conocía a nadie en Madrid y que le gustaría verme. Le ofrecí mi ayuda en lo que necesitara y le invité a una fiesta que todos los veranos organizo en la azotea de mi casa para que pudiera conocer en ella a algunos de mis amigos escritores e introducirse de ese modo en los ambientes literarios de la ciudad. En esa fiesta le presenté, entre otros, a Marta Sanz, a Javier Montes y a Marcos Giralt, a los que llegó a frecuentar bastante en los siguientes meses. Fue con Fernando Royuela, sin embargo, con quien alcanzó una intimidad mayor, pues los dos tenían cierta propensión a los discursos abstractos, a la especulación inconcreta y al espiritismo político. Royuela leyó con admiración el poemario de Moy, y Moy, que entendía con dificultad en castellano la prosa pulida y cosmogónica de Royuela, acabó sintiendo fascinación por sus novelas.

Yo me convertí enseguida en su persona de confianza en Madrid. Le acompañé a resolver algunos asuntos burocráticos, le llevé a visitar Toledo y el Museo del Prado y, aunque el padre de Alicia proveía también de dinero para él, le proporcioné varias traducciones de libros divulgativos que una editorial con la que por aquella época colaboraba iba a publicar. Tal vez porque tenía, como yo, un temperamento melancólico y algo desconsolado, nos hicimos enseguida amigos. Pasaba a recogerme por la oficina algunas tardes y nos íbamos juntos a beber cerveza en los bares de Argüelles. Empezábamos siempre hablando de literatura, de política o de asuntos impersonales, pero poco a poco, a medida que la ebriedad nos iba sosegando, librábamos la rienda de las confesiones y nos contábamos uno a otro todos los descarríos que se nos pasaban por la cabeza.

Fue uno de esos días, en medio de la borrachera, cuando me desveló que no se llamaba Albert Tracy, sino Brandon Moy, y que antes había tenido otra vida. Estábamos en un chiscón de la calle Gaztambide, sentados en una mesa. Había mucha gente en la barra, bebiendo y haciendo fiesta. De repente, Moy se puso a llorar y comenzó a hablar de su mujer y de su hijo sin darme más explicaciones. Con la lengua acalambrada por el alcohol, fue contándome luego todo lo que había ocurrido el día once de septiembre de 2001 después de que fueran derribadas las Torres Gemelas. Yendo hacia atrás y hacia delante en el tiempo, como si dictara uno de esos relatos experimentales en los que la cronología se descompone, describió su vida en Nueva York antes de la catástrofe, los sueños que había tenido en la juventud, las promesas que le había hecho a Adriana cuando se casaron, los desengaños profesionales o los planes que habían concebido para su hijo. Recordó también con pormenor la conversación que había mantenido con Albert Fergus frente al restaurante Continental, la risa de Tracy, la imagen cinematográfica del taxi alejándose por las calles de Manhattan. Estuvo hablando más de una hora. Sólo se interrumpía para acercarse a la barra a recoger las cervezas que le pedía con señas al camarero. En algunos instantes perdía el hilo de la narración y se quedaba mirando al vacío con el gesto ido. Pero luego, al cabo de unos segundos, volvían a brillarle los ojos, encontraba algún cabo en la memoria y continuaba contando su historia lastimeramente.

–Hay cosas que sólo deberían poder lograrse cuando se desean por primera vez –me dijo con la voz ronca, llena de astillas–. Seguir deseándolas después es una desgracia. Es sobre todo un espejismo.

Nos quedamos en silencio durante un rato, haciendo rodar los vasos vacíos sobre la mesa. Luego yo me acordé de repente de la historia de una pareja de enamorados que, un siglo antes que Moy, habían tratado de apartarse de su des-

114

tino. De un modo un poco inoportuno, comencé a contársela, como si al hacerlo tratara de ofrecerle algún consuelo.

–Una vez oí hablar de unos jóvenes de Barcelona a los que les ocurrió lo contrario que a ti –le dije–. Eran ricos, miembros de esa burguesía catalana que a principios del siglo pasado levantaba imperios. Decidieron casarse y se empeñaron en ir a Nueva York de luna de miel. Creían, a su edad, que aquella ciudad era el paraíso. Soñaban con clubs de jazz, hoteles fastuosos, rascacielos gigantes y una vida mundana que en Europa no existía. Pero sus familias, que debían de tener toda la ranciedad del linaje, se negaron a consentir ese viaje extravagante. ¿Para qué había que ir a Nueva York si Viena o París ofrecían más distinción y mayor decencia que aquella ciudad lejana de América, de la que sólo se escuchaban hechos depravados y modernidades libertinas?

A pesar de la ebriedad, me di cuenta enseguida de que aquella historia tenía sólo algunas coincidencias absurdas con la de Moy. Él me miraba con los ojos muy abiertos, llorosos aún, pero no sé si me estaba escuchando.

–Los novios, obstinados, lo planearon todo en secreto. Fingieron que acataban la voluntad juiciosa de sus padres y viajaron con su mayordomo a París, donde tenían un hotel reservado

115

durante dos meses. Allí, en París, sobornaron al mayordomo para que enviara todos los días una carta postal a cada una de las familias, y luego, sin descanso, continuaron viaje hasta Southampton, desde donde zarpaba a Nueva York un transatlántico de lujo del que todo el mundo se hacía lenguas. El diez de abril de 1912 se embarcaron en el *Titanic*, felices de haber conseguido burlar los prejuicios enmohecidos de su clase social. Cuatro días después, el barco se hundió y ellos murieron. El mayordomo, en estado de pánico por la deslealtad que había cometido al traicionar a sus verdaderos patronos, siguió enviando postales a la familia durante los dos meses que estaba previsto que los novios permanecieran en París. No quería perder su trabajo. O no quería sentir el bochorno de la mentira. Tal vez llegó a creer que podría producirse un milagro y que los amantes resucitarían. En las postales hablaba de bailes suntuosos, de monumentos, de fiestas junto al Sena o de excursiones a Versalles. Los padres de los chicos continuaron imaginando en esos meses que sus hijos eran felices.

Me quedé callado y me levanté luego a por dos cervezas más. Cuando volví a la mesa, Moy seguía inmóvil, mirando fijamente al frente, al bulto de aire que había en el lugar en el que había estado yo.

–¿Qué pasó después? –preguntó cuando me senté de nuevo.

Bebí un sorbo de la cerveza y me encogí de hombros. No entendía muy bien qué es lo que Moy quería saber.

–El mayordomo se fue a vivir a Nueva York –inventé–. Y quizá siguió mandando desde allí alguna postal.

Aquel día, cuando me contó toda su historia, Brandon Moy ya había comenzado su derrumbamiento moral. Llevaba aproximadamente seis meses viviendo en Madrid, y desde hacía semanas sólo le unía a Alicia la brutalidad erótica que seguía sintiendo cuando la veía desnuda. No soportaba sus incongruencias de niña consentida ni sus arrebatos de ira impredecibles. Estaba planeando separarse de ella, alquilar un apartamento e irse a vivir solo, pero el dinero no le alcanzaba para hacerlo, y a su edad –acababa de cumplir cuarenta y ocho años– no tenía ánimo para buscar un trabajo nuevo. Había empezado a beber más de lo debido y a llevar una vida completamente desordenada. Fue en esa época cuando las versiones que daba de su pasado, paradójicas y a veces inconexas, cambiaban de un día a otro: una noche aseguraba que al marcharse de Nueva York había sido feliz y había encontrado la intensidad y el ardor que perseguía, y a la noche siguiente, más borracho o más sobrio, se ponía a llorar lastimeramente y confesaba que en todos aquellos años nunca había dejado de pensar en Adriana y de echar de menos las calles de Manhattan.

En uno de esos días de añoranza, a Moy se le ocurrió poner los pies en el borde del abismo: encendió el ordenador de Alicia para entrar en la cuenta de correo electrónico de Adriana y leer sus mensajes. Moy recordaba perfectamente la dirección de correo electrónico que su esposa había usado desde hacía años para su correspondencia personal. Existía la posibilidad de que hubiese cancelado esa cuenta después de que él se fuera de Nueva York, pero si no era así, Moy podría entrar en ella y espiar su vida, saber si tenía algún amante o incluso si había vuelto a casarse, si mantenía aún contacto con los mismos amigos, si Brent había crecido sin problemas. Con las manos temblorosas por el miedo, tecleó la dirección de correo y una contraseña aleatoria. El sistema respondió que la contraseña era errónea y le preguntó si la había olvidado. Moy indicó que sí y el sistema, ágil, le ofreció tres posibilidades para recuperar la contraseña perdida: recibir un enlace de regeneración en otra cuenta de correo de Adriana (la que usaba profesionalmente), recibir un código de verificación en el teléfono móvil señalado, que era también el de Adriana, o responder a una pregunta de seguridad. Moy marcó esta última opción, la única que podría abrirle la cancela, y aguardó todavía unos segundos antes de pulsar. Cuando lo hizo, el sistema mostró la pregunta que debía responder, la pregunta que Adriana había introducido en algún momento para garantizar la seguridad de sus secretos: «¿Qué parte de mi cuerpo es azul?»

Brandon Moy se puso a llorar inconsolablemente durante mucho tiempo. Luego, sin respiración, con la vista todavía desvanecida por las lágrimas, tecleó la respuesta. En Nueva York era la hora de la madrugada, de modo que Adriana estaría durmiendo. Moy siguió todos los pasos y entró por fin en la cuenta de correo. En la boca de la garganta sentía una especie de excrecencia que le ahogaba: el espanto de descubrir algo terrible, por un lado, y la indignidad de profanar lo que debe ser secreto. Había más de trescientos correos, que habían sido enviados o recibidos por Adriana en los últimos ocho meses. Moy los fue abriendo uno a uno durante varias horas. En todos encontró la insignificancia que deseaba, la banalidad de las cosas pequeñas: una cita para el odontólogo, una invitación a cenar de Marion y Frank, una convocatoria de asesoría universitaria para Brent, el recordatorio de obligaciones domésticas, apuntes de recetas intercambiadas con amigos, cartas sin sustancia, ligeras, imprecisas.

Apagó el ordenador con un sentimiento casi religioso de pecado, de culpa sin redención, pero no por haber transgredido la intimidad de Adriana, sino por haber llevado su propia vida hasta los límites de la desolación y del naufragio. Tal vez ese día comenzó a pensar que la tierra que había dejado a su espalda no estaba completamente quemada, que podía aún haber fertilidad en ella. Se acordó de nuevo de los hombres que se arrojaban de las torres del World Trade Center huyendo de las llamas y se preguntó si en esos segundos que duraba la caída eran capaces de pensar que algo podría salvarles antes de estrellarse contra el suelo. Si eran capaces de creer que su vida podría comenzar de nuevo.

Aunque nos veíamos con cierta regularidad, Moy y yo no teníamos un hábito establecido ni un compromiso semanal, de modo que cuando pasó un tiempo sin que me llegaran noticias suyas no me extrañé. Cuando le telefoneaba a casa y lo cogía Alicia, con la que no me gustaba hablar, colgaba sin decir nada. Un día, imprevistamente, recibí una postal desde Italia que me había enviado él. Se veía la imagen del Panteón de Adriano. No tenía ningún remite ni indicaciones precisas sobre el viaje, no daba justificaciones sobre su marcha. Sólo había garabateado, con caligrafía gruesa, en inglés, una frase: «Es siempre la misma ciudad, pero a veces tiene calles más hermosas.» Firmaba Brandon Moy, lo que era ya un anuncio –que yo no fui capaz de comprender– de lo que habría de ocurrir.

En Italia estuvo viviendo con Laureen, primero en Roma, en la casa del diplomático, y luego en Orvieto, en Florencia, en Bolonia, en Milán y en Venecia, donde ella, que contaba con la conformidad de su esposo anciano para mantener una vida discretamente licenciosa, le acompañó. Como en Boston, fue su Pigmalión. Le mostró catedrales y pinturas, le descubrió los secretos de Buonarroti y le enseñó la historia turbulenta de los Médici o de los Visconti. Le hizo paladear los vinos italianos y le llevó a ver los paisajes de la campiña toscana. Fueron unas largas vacaciones durante las que Moy, que las vivió como un canto de cisne, como una recapitulación de todo, terminó de encontrarse consigo mismo. Me mandó otras postales, que aún conservo, pero en ninguna, después de esa primera de Roma, había señales de lo que estaba planeando. En Pisa me hablaba de la belleza del río Arno; en Florencia, del infierno de Dante y de la fealdad de Petrarca; en Venecia, de Ígor Stravinski, enterrado en el cementerio de San Michele; y en Turín, de las mujeres italianas, a las que por culpa de Laureen no había podido conocer a fondo.

Un día, al salir de la oficina, estaba esperándome en la calle. Hacía cuatro o cinco meses que no nos veíamos y no me había avisado de su visita. Llevaba un abrigo nuevo, de paño negro, que me llamó la atención por la elegancia que le confería. Nunca le había visto ese refinamiento. Su rostro, además, parecía haber cambiado: estaba pulcramente afeitado y lucía un corte de pelo que le resaltaba los rasgos y le rejuvenecía. Su expresión era serena, confiada. Sonreía, y en cuanto me vio salir fue a abrazarme.

Aquel día Brandon Moy había tomado ya una decisión y quería comunicármela. Había regresado a Madrid tres días antes y estaba viviendo en un hotel modesto con el dinero que Laureen le había prestado.

—Podría haberme casado con Laureen —me dijo riendo mientras caminábamos hacia uno de los bares en los que solíamos reunirnos—. Al embajador no le queda ya mucha vida, y ella necesita seguir haciendo locuras junto a alguien.

Me pidió que telefoneara a mi casa para advertir que no me esperaran a cenar y empezó a contarme, entre descripciones turísticas de Italia y anécdotas de su viaje, cuál era su designio. Hacía más de un año desde que llegara a España y cerca de tres desde que sufriese el accidente de automóvil en Hermosillo. En todo ese tiempo, que había estado cosido primero por las sombras de la muerte y luego por las dulzuras del amor, con Alicia o con Laureen, Moy había ido dándose cuenta de que nada de lo que había ocurrido en Boston, en Bogotá, en México o en Madrid le había hecho feliz. Todos aquellos sueños que había cumplido como si fueran parte de una ceremonia —los delirios del peyote, la promiscuidad, los viajes en globo, las hazañas marinas— nunca acababan de saciarle porque en realidad no sentía por ellos fascinación o gusto, sino desagrado. Los perseguía porque siempre había creído que a través de ellos llegaría a conocer la sustancia del mundo. Desde que era niño había oído decir que la entraña verdadera de la vida estaba en el peligro, en el exceso, en el quebrantamiento o en la extravagancia. En la mudanza perpetua. Quienes iban a una oficina cada día, eran fieles a su esposa, veían la televisión por las noches y veraneaban siempre en el mismo lugar, reposadamente, eran seres oscuros e inexistentes. Espectros que no dejan ninguna huella en lo que tocan. Ésa era la ley, el mandamiento: había que buscar la temeridad, pues el orden y la quietud sólo conducen a la muerte.

Brandon Moy no puso en duda esa ley, pero se fue dando cuenta poco a poco de que no había sido dictada para él. Recordó sin emoción todos los extravíos que había cometido en los últimos años y comprendió que era uno de esos seres oscuros que sólo se calman con lo insustancial, uno de esos hombres que tienen el alma plomiza y gris. Echaba de menos a su esposa, y algunos días, al hacer el amor con Alicia o con Laureen, tenía que pensar en ella para excitarse. Tal vez no sería nunca feliz en Manhattan, viviendo en una casa soleada, desempeñando un oficio fatigoso e ingrato y viendo crecer con desengaño a su hijo, pero ahora tenía la certeza de que en cualquier otra parte sería desdichado.

–Royuela me contó la historia de Cavafis, que él mismo dejó escrita en alguna parte –dijo mientras bebía–. Había nacido en Alejandría y al morir su padre, cuando él era aún un niño, se había trasladado con su familia a Inglaterra, donde se educó y aprendió el inglés, que fue el primer idioma en el que intentó escribir poesía. Después vivió en Constantinopla y pasó temporadas en Londres, en Francia y en Atenas. Pero quiso volver a Alejandría y vivir allí desempeñando un trabajo anodino en una oficina gubernamental que dependía del Ministerio de Obras Públicas.

–La ciudad –dije yo.

–La ciudad –asintió, y a continuación, después de aclararse la voz, comenzó a recitar–: *Recorrerás las mismas calles siempre. En el mismo arrabal te harás viejo. Irás encaneciendo en idéntica casa.*

Guardé silencio durante unos segundos. Moy estaba a punto de llorar.

–¿Vas a volver?

No dijo nada. Apuró el vino del vaso que estaba bebiendo y, con movimientos muy lentos, como si quisiera darse a sí mismo una última oportunidad de rectificar, buscó en uno de los bolsillos de su pantalón y sacó una moneda que puso sobre la mesa, frente a mí. Eran cincuenta centavos de dólar.

–En una ocasión, pocos días después de irme, estuve a punto de telefonear a Adriana para decirle que estaba vivo y que iba a regresar a Nueva York. No lo hice porque ocurrió algo, pero guardé la moneda sin saber para qué lo hacía. Ahora lo sé.

Ya me había contado antes esa historia: la desesperación que sintió en Boston, la necesidad de robar para poder dormir en una cama caliente, el miedo, la mujer que se cruzó en su camino, los billetes que había en el bolso que le arrancó a la fuerza, la felicidad del peligro.

–Son cincuenta centavos de dólar –le dije irreflexivamente, como si tratara de hacer una alegoría–. No puedes llamar con esa moneda desde un teléfono de España.

Moy sonrió y se encogió de hombros, indiferente a los significados simbólicos.

–Cámbiamela por un euro, por favor. Yo te invito a las cervezas.

–Te echaré de menos –dije sin estar seguro de que fuera cierto.

Él me miró con gratitud y estiró la mano para apretar la mía sobre la mesa, pero no llegó, entre los vasos, y el movimiento se convirtió en un gesto torpe y apurado.

–*Esta ciudad irá donde tú vayas* –dijo.

Aquel día, después de emborracharse conmigo y de confesarme las pesadumbres que llevaba devanando desde que se marchó de Nueva York, Moy se fue al hotel, tambaleándose por la embriaguez y por el arrepentimiento, y se sentó a escribir una larga crónica de sus años descarriados, como él mismo los llamó, para tener la certeza de que lo que iba a hacer era –esta vez sí– lo correcto. En esa crónica contó toda la verdad: que no se llamaba Albert Tracy, que su profesión era la de abogado inmobiliario, que tenía una esposa y un hijo, que había vivido siempre en Nueva York y que huyó de allí el día en el que los aviones de Al

126

Qaeda se estrellaron contra el World Trade Center. Habló de Albert Fergus y de los sueños que habían tenido juntos cuando eran jóvenes. De sus ambiciones literarias, de los países a los que planeaban viajar algún día, de las mujeres a las que hechizaba con sus fantasías y sus vanaglorias. Explicó, sin demasiada vergüenza, como si fuera un acto de expiación, que nunca había amado de verdad –aunque había estado convencido de hacerlo– a Angelita, a Alicia y a todas aquellas mujeres que habían cebado su corazón con fantasías, y que todas las aventuras en las que se había comprometido durante los últimos tiempos, desde que se marchó de Nueva York, sólo le habían causado desasosiego y miedo. Confesó, por último, que quería regresar a su casa y volver a ver a sus amigos. Pasar los fines de semana en Long Island, nadar en la piscina de la calle 51 y reunirse con constructores en lo alto de rascacielos desde los que se pudieran ver las azoteas vacías de su ciudad. «Mi naturaleza es ésa y no puedo cambiarla», escribió mientras comenzaba a amanecer. «A las serpientes, cuando mudan la piel, les aparece debajo otra igual, con el mismo dibujo y la misma cutícula pegajosa y fría. No podrían vivir, aunque lo desearan, con la piel de un ciervo o con las plumas de un águila.»

Luego se desnudó y, retorciendo el cuello, se

127

miró la espalda en el espejo del armario. Trató de tocársela con la yema de los dedos. Pensó que debería quitarle a la serpiente del tatuaje las alas del águila.

Moy dedicó los siguientes días a empacar sus cosas. Hizo su equipaje con disciplina, sacó un billete de avión a Nueva York y se despidió de mí y de todos sus amigos españoles. Viajó a Chicago el jueves 8 de enero y cruzó la aduana con el pasaporte falso de Albert Tracy. Telefoneó a Adriana desde allí con la moneda de cincuenta centavos y le contó una historia novelesca y poco original que ella, sin embargo, emocionada por la resurrección, creyó sin titubear: le dijo que el día de los atentados perdió la conciencia y que olvidó por completo quién era, que caminó sin rumbo durante semanas, que recorrió pueblos extraños y ciudades desconocidas hasta acabar en Chicago, donde había vivido desde entonces. Ahora, por fin, gracias a la ayuda de un psiquiatra y a la curación que trae siempre el tiempo, lo recordaba todo. Habían pasado muchos años desde aquel día de septiembre y tal vez ella, Adriana, hubiera conocido a otro hombre y se hubiese enamorado de nuevo, pero si acaso no era así y seguía guardándole algo del amor que le tuvo en el pasado, Moy podría ir a Nueva York esa misma noche y quedarse junto a ella para siempre. Adriana tardó en responderle, pues los hipidos no la dejaban hablar. Cuando se sosegó un poco, le aseguró con palabras de hojarasca que nunca había dejado de pensar en él y que jamás podría amar a otro hombre. Estuvieron hablando más de dos horas. Luego Moy cogió el primer avión que salía hacia Nueva York y se reunió con ella.

Sólo he vuelto a ver a Brandon Moy en una ocasión, cuando estuve en Manhattan en junio de 2010, pero hemos hablado varias veces por teléfono y nos escribimos regularmente correos electrónicos e incluso cartas postales, de modo que estoy al tanto de su vida. Volvieron a admitirle en la empresa en la que trabajaba antes de los atentados y, unos meses después, le ascendieron a un puesto de mayor responsabilidad. Viajó con Adriana a Italia en unas vacaciones y fingió descubrir con ella la belleza de la Capilla Sixtina o la majestuosidad de Santa Maria dei Fiore. Llevó a su hijo, que ya era un adolescente, a acampar a las montañas de Catskill. No pudo cenar nunca en el Continental, que cerró sus puertas poco después de su partida, pero sale a menudo con Adriana a los locales de moda y conoce bien la vida mundana de Manhattan, las exposiciones de arte, los bares nocturnos y las fiestas literarias. Su vida es muy parecida a la antigua, pero ahora la contempla con otro discernimiento. «No soy feliz, pero ahora al menos sé que no podré serlo», me escribió en una carta enviada en la Navidad de 2011. «No hay incertidumbre, y eso, a mi juicio, es una forma de felicidad.»

El poeta Albert Tracy, que tanto entusiasmo suscitó en una parte de la crítica estadounidense, desapareció sin dejar rastro. No volvió a publicar ningún libro ni a asistir a congresos o a reuniones poéticas, pero al parecer nadie le echó de menos, tal vez porque los lectores y los estudiosos literarios están acostumbrados a la fugacidad y a la inconstancia. Yo, que en aquella época era, junto a la chica australiana de Boston y a Alicia, la única persona que conocía la verdad de su desaparición, escribí un artículo en el que, con tono legendario, repasaba su escasa bibliografía y su vida aventurada y oculta, comparándole con algunos de los grandes poetas que alcanzaron la gloria desde el apartamiento y el misterio.

Muchos meses después de que todo esto ocurriera, decidí escribir también un relato de ficción inspirado en las peripecias de Brandon Moy. Había planeado cambiar los nombres y algunas de las circunstancias más accidentales, pero la médula de la historia iba a ser idéntica a la real. Tomé notas, como hago siempre, redacté algunas disertaciones especulativas sobre la identidad y sobre el sentido de la vida, reuní fotografías de los lugares en los que Moy había estado y leí libros y expedientes referidos a los atentados del once de septiembre para documentarme. Ojeando un memorándum que encontré en internet acerca de los vuelos secuestrados aquel día, vi por azar un nombre que me sobrecogió y que terminó de convencerme de que la existencia de Brandon Moy era una parábola o una patraña: entre los pasajeros del vuelo 11 de American Airlines que, al mando de Mohamed Atta, se estrelló contra la Torre Norte del World Trade Center, estaba Albert Fergus. Regresaba a Los Ángeles desde Boston, adonde había volado justo después de encontrarse con Moy a la salida del Continental.